슈퍼 팬덤의 커뮤니티, 트위치

BOOK
JOURNALISM

슈퍼 팬덤의 커뮤니티, 트위치

발행일 ; 제1판 제1쇄 2019년 10월 21일
지은이 ; 변혜린·유승호 발행인·편집인 ; 이연대
주간 ; 김하나 편집 ; 곽민해 제작 ; 허설·강민기
디자인 ; 최재성 지원 ; 유지혜 고문 ; 손현우
펴낸곳 ; ㈜스리체어스 _ 서울시 중구 삼일대로 343 8층
전화 ; 02 396 6266 팩스 ; 070 8627 6266
이메일 ; contact@threechairs.kr
홈페이지 ; www.bookjournalism.com
출판등록 ; 2014년 6월 25일 제300 2014 81호
ISBN ; 979 11 89864 74 3 03300

BOOK
JOURNALISM

슈퍼 팬덤의 커뮤니티, 트위치

변혜린 · 유승호

: 트위치의 성공은 유튜브가 지향하는 넓은 의미의 영상 시장을 노리지 않았기에 가능했다. 트위치는 게임을 매개로 적극적으로 소통할 의지가 있는 게임 팬덤에 집중했다. 이들에게는 다른 사람의 게임 영상을 보면서 실력 향상에 도움을 받고 싶은 욕구, 게임에 푹 빠져 있는 내 모습을 드러낼 수 있는 관계에 대한 갈망이 있었다.

차례

특화하고, 장악하라

트위치Twitch는 게임 방송 전문 플랫폼이다. 게임을 매개로 적극적으로 소통하고 싶어 하는 게임 팬덤을 타깃 고객으로 삼고 있다. 트위치에 접속하면 내가 즐겨 하는 게임을 플레이하고 있는 전 세계의 스트리머streamer를 만날 수 있다. 시청자들은 스트리머의 방송을 보면서 그들의 플레이와 게임에 관해서 실시간으로 대화를 나눈다.

트위치의 모태는 창업자 저스틴 칸Justin Kan과 에멧 쉬어 Emmett Shear의 라이프 로깅life-logging 프로젝트였다. 칸은 자신의 모자에 웹캠과 마이크를 부착하고 가방에는 온라인 생중계가 가능한 송신 장비를 넣어 신체 일부처럼 지니고 다녔다. 그는 "죽는 순간까지 머리에 단 카메라를 떼지 않을 것이며, 화장실과 침실에서 일어나는 일을 포함해 모든 사생활을 생중계하겠다"고 공언했다. 두 사람이 만든 저스틴TV 웹사이트는 칸의 웹캠에서 전송되는 라이브 영상이 나오는 플레이어와 실시간 대화가 가능한 채팅방으로 구성되어 있었다. 시청자가 특정 일정만 관람할 수 있도록 칸의 일일 일정도 공개했다.

라이프 로깅은 개인의 신체에 관한 데이터나 사진 등을 기록하고 공유하는 개념이다. 라이프 로거들은 초소형 카메라로 자신의 일상을 중계하고, 모든 기록을 데이터로 남기고자 했다. 1990년대부터 라이프 로깅의 시대가 올 것이라는 관측

이 쏟아졌다. 개인의 일상 데이터가 축적된 거대한 아카이브가 만들어지면 이 데이터가 엄청난 가치를 지닐 수 있다는 전망이었다. 그러나 라이프 로깅은 유의미한 결과를 남기지 못했다. 촬영된 영상은 지루했고 사람들은 타인의 영상에서 가치 있는 정보를 발굴하기 위해 시간을 쓸 정도로 여유롭지 않았다.

칸과 쉬어는 이 지점에서 운명을 바꿀 결정을 내렸다. 저스틴TV에서 게임 방송만을 보여 주는 채널을 분리하기로 한 것이다. 칸은 이 주장에 동의하지 않았으나, 쉬어는 당시 막 출시됐던 게임 스타크래프트2의 인기에 주목했다. 신작 게임 영상을 보기 위해 게임 팬들이 플랫폼에 몰릴 것이라고 예상한 것이다. 2011년 6월 두 사람은 트위치TV라는 이름으로 게임 방송만을 송출하는 플랫폼을 론칭했다. 트위치라는 이름은 비디오 게임을 만들 때 게이머들의 반응을 테스트하는 기법인 트위치 게임 플레이에서 따왔다. 결과는 기대 이상이었다. 트위치는 베타 버전 론칭 1개월 만에 전 세계에서 800만 명의 시청자를 모았고, 세계 최대의 실시간 방송 플랫폼으로 성장했다. 2014년 트위치가 아마존에 인수될 무렵, 저스틴TV는 문을 닫았다.

트위치의 성공이 증명한 것은 게임 방송을 보는 팬들의 욕구였다. 게임을 즐기는 이들은 누구나 게임을 잘하고 싶어 하고 실력을 인정받고 싶어 한다. 그래서 많은 게임은 게이머가 탁월한 플레이를 선보였을 때, 이 소식을 공유할 수 있는 기능을 갖추고 있다. 리그 오브 레전드League Of Legends는 유저가 일정 시간 내에 상대 팀 모두를 죽였을 경우 모든 이들의 화면에 '펜타 킬Penta Kill'이라는 자막을 띄우고, 오버워치Overwatch는 게임이 끝날 때 가장 멋진 플레이를 보여 준 한 사람의 게임 영상을 '최고의 플레이'로 선정해 재생한다.

게이머의 인정 욕구는 타인의 뛰어난 스킬을 배우고 모방하려는 욕구를 넘어, 자신의 게임 실력을 커뮤니티 내에서 자랑하고 싶다는 욕구로 이어진다. 트위치는 게이머의 인정 욕구를 실시간으로 충족해 주는 플랫폼이다. 스트리머가 훌륭한 플레이를 선보이면 시청자들이 실시간으로 무수한 칭찬 세례를 남긴다. 스트리머의 플레이가 부족하다고 느끼면, 조언을 해준다. 게임을 잘 알고 있다는 사실을 보여 주고 싶은 시청자들은 채팅창에서 경쟁을 벌인다. 시청자는 일방적으로 방송을 보는 것이 아니라, 스트리머의 플레이에 참여하게 된다.

트위치가 게임 채널을 분리하고 단기간에 많은 유저를 끌어모은 것은 이런 욕구를 반영한 플랫폼이 기존에 없었기 때문이다. 트위치의 성공은 파괴적 혁신의 사례라고 부를 만하다. 파괴적 혁신은 기존 기업이 간과한 시장에서 출발한다.[1] 지배 기업이 수익성이 큰 고객에게 집중할 때, 상대적으로 소수인 고객에게 집중해 변화를 일으키는 것이다. 트위치는 누구나 보면서 즐거워할 만한 영상을 제공하지 않았다. 게임 영상만을 열광적으로 소비하는 슈퍼 팬덤을 노렸다. 게임을 위해서만 설정된 플랫폼을 만들었다. 그리고 전 세계의 게임 팬덤을 장악해 버렸다.

게임 팬덤이 원하는 것

파괴적 혁신 기업은 고객이 원하는 것을 합리적인 가격으로 제시해 시장 지배력을 확보한다.[2] 트위치는 게임 팬덤을 위해 다양한 기능을 고도화했다. 우선 좋은 화질을 무료로 제공한다. 게임 방송에서 화질이 중요한 이유는 게임 안에 포함된 영상, 문자, 채팅 등이 모두 게임 진행을 위해서 습득해야 할 정보이기 때문이다. 스트리머가 끊임없이 진행 상황을 해설하지만, 시청자는 눈으로도 게임의 정보를 이해해야 한다. 시청자가 방송 화면만 보고도 필요한 정보를 얻을 수 있는 좋은 화질은 필수적이다.

두 번째로, 고화질 게임을 손쉽게 송출, 관전할 수 있게 만들었다. 스트리머는 게임 콘솔이 있다면 언제든 방송을 시작할 수 있다. 시청자는 로그인하지 않고도 방송을 시청할 수 있다.

세 번째로, 게임 방송 카테고리를 세분화했다. 종합 영상 플랫폼에서 게임 방송은 게임의 종류와 관계없이 전체가 하나의 카테고리다. 그러나 트위치는 개별 게임을 하나의 카테고리로 만들었다. 예를 들어, 배틀그라운드Battlegrounds 카테고리에 접속하면 지금 그 게임을 송출하고 있는 전 세계의 스트리머를 확인할 수 있다. 이런 기능은 대중적으로 인기가 없는 게임을 좋아하는 마니아에게는 감동적이기까지 하다. 많은 사람에게 인기 있는 소재가 상단에 노출되는 종합 영상 플랫폼에서는 게임 방송 카테고리가 있다고 해도 인기 있는 게임만 다루는 경우가 많다. 트위치는 다양한 게임의 발견 가능성을 높이기 때문에 소수 취향의 게임도 꾸준히 소개할 수 있다.

딜레이delay 기능을 추가한 것도 주목할 만한 부분이다. 트위치를 포함한 실시간 인터넷 방송의 핵심은 방송인과 시청자 사이에서 발생하는 시간 지연을 최소화하는 것이다. 실시간 방송에서 소통 지연은 사용자 경험을 저해하는 요소다. 그런데 트위치는 의도적으로 송출 지연 시간을 15분까지 연장할 수 있는 기능을 도입했다. 게임 경기의 공정성을 확보하기 위한 것이다. 게임 경기가 지연 없이 중계되면 시청자들이 상대의 게임 방송을 보면서 내가 응원하고 있는 스트리머에게 상대의 전략을 알려 주는 일이 벌어질 수 있기 때문이다. 딜레이 기능은 일반 채널에서는 불필요하거나 고객 경험을 악화시킬 수 있는 문제점이지만, 트위치의 게임 팬덤에게는 게임을 더 잘 즐기기 위해서 반드시 필요한 조건이다.

콘텐츠 플랫폼이 시청자를 붙잡기 위해 택할 수 있는

가장 단순한 전략은 잠재적 시청자를 위해 더 다양한 콘텐츠를 제공하거나, 저렴한 구독료를 내세워 금전적인 이익을 주는 방식이다. 그러나 트위치는 기존 시장이 주목하지 않은 충성 고객을 발견하고 이들만을 겨냥한 서비스를 만드는 방식을 택했다. 이를 통해 세계의 게임 팬덤을 하나로 모으는 거대 기업으로 성장할 수 있었다.

2014년 아마존은 9억 7000만 달러(1조 1600억 원)에 트위치를 인수했다. 페이스북이 인스타그램을 인수한 이래 콘텐츠 업계의 최고가 인수였다. 당시 트위치는 막대한 트래픽을 처리할 수 있는 파트너가 필요했다. 아마존은 트위치의 이용자 수를 감당할 수 있는 데이터 센터를 보유하고 있었고, 인터넷 서비스 시장을 잘 이해하고 있는 파트너였다.

제프 베조스Jeff Bezos 아마존 CEO는 당시 공식 성명을 통해 "트위치는 매달 수천만 명의 사람들이, 수백만 분의 시간을 게임 방송을 즐기며 보내는 플랫폼을 구축했다"며 "게임 커뮤니티를 위한 새로운 서비스를 빠르게 구축하기 위해 트위치로부터 배우겠다"[3]고 밝혔다. 그의 말처럼 2019년 트위치는 실시간 게임 방송 시장에서 유튜브 라이브를 제치고 점유율 1위에 올랐다. 실시간 게임 방송 시청 시간의 75퍼센트에 해당하는 27억 2000만 시간을 트위치가 점유하고 있다.[4] 아마존은 아마존 프라임 가입자에게 트위치 프라임이라는 이름으로 광고 없는 스트리밍, 무료 게임과 아이템 제공 등의 혜택을 주는 등 트위치 결합 상품을 확대하고 있다.[5]

소속감을 느끼는 플랫폼

한국은 아시아에서 트위치의 성장세가 가장 가파른 나라다. 2016년 15만 명에 불과했던 한국의 트위치 월간 실사용자MAU는 2018년 121만 명으로 늘었다.[6] 국내 게임 방송 분야의 대표 스트리머인 대도서관도 2018년 12월 유튜브에서 트위치로 플랫폼을 옮겼다. 대도서관은 아프리카TV에서 유튜브로 이적한 경험이 있었기 때문에 팬들은 2년 만에 또 다시 플랫폼을 옮기는 것을 걱정하고 있었다. 그러나 대도서관의 트위치 첫 방송에서 '트수(트위치 백수)'라고 불리는 트위치 시청자들이 나타났다. 이들은 대도서관이 트위치 문화를 이해할 수 있도록 그의 방송에 찾아가 트위치를 홍보했다. 대도서관은 "트위치 시청자의 적극적인 태도가 트위치를 성공으로 이끈다고 생각한다"며 "트위치 시청자는 스트리머 구독 시스템, 수수료 정책, 트위치 프라임 등 트위치의 특징과 상품에 대해 매우 정확하게 이해하고 있다"고 감탄했다.[7]

트위치 시청자들은 그의 말에 "트수들만 믿으라구!"라는 문구와, 엄지를 들고 있는 캐릭터 모양의 이모티콘으로 채팅창을 도배했다. 트수들만 믿으라는 문구와 이모티콘은 트위치 시청자들이 즐겨 쓰는 대표적인 밈meme이다. 다양한 밈은 단순한 이용자를 넘어, 트위치 플랫폼의 대변자로 활동하는 열정적인 시청자의 모습을 보여 주고 있다. 트위치의 시청자는 자신이 트위치 커뮤니티의 일원이라는 소속감을 가지고 트위치 문화를 확산시키기 위해 노력한다. 대도서관에게 했던 것처럼 게임 방송 스트리머를 설득해 트위치에 안착하게 만들거나, 첫 방송을 시작하는 신인 스트리머에게 트위치의 방송 문법을 알려 주며 트위치 문화에 동화되도록 격려한다. 시청자는 이를 두고 '입국 심사'라고 표현한다. 특정 게임이 유행할 때 트위치에 유입된 스트리머에게는 이 게임을 꼭 해보라고 권하기도 한다. 트위치의 일원이 되려면 이 정도는 알아야 한다는 것이 트위치 시청자들의 생각이다.

소속감은 트위치 시청자를 플랫폼 내에 머무르게 만들어 트위치의 영향력을 지속시키는 원동력이다. 대도서관에 앞서 2016년 10월 한국의 많은 게임 방송인이 트위치로 옮겨 왔다. 배경에는 아프리카TV의 갑질 논란이 있었다. 대도서관이 게임 홍보 방송을 진행할 때, 해당 내용을 플랫폼 관계자에게 미리 공지하지 않았다는 이유로 방송 정지를 당한 것이다.[8] 아프리카TV를 비난하는 여론이 무시할 수 없을 정도로 거세지자, 내로라하던 게임 방송인들이 줄줄이 플랫폼 이전을 선언했다.[9] 한국에서 종합 게임 방송의 삼대장이라 불리던 홍방장, 쉐리, 풍월량과 마인크래프트Minecraft 방송으로 유명한 방송인 그룹 양떵TV 등이 이적 선언을 하고 팬들과 함께 앞으로의 방향을 고민했다.

트위치의 팬들은 이들에게 트위치로 이적할 것을 권했다. 이전부터 트위치에서 방송을 하면서 팬덤을 확보한 하스스톤Hearthstone 전문 스트리머들의 성공과 트위치를 대표하는 스트리머 그룹인 우왁굳TV의 영향력을 근거로 제시했다. 트위치의 뛰어난 화질, 스트리머들이 순위 경쟁에서 자유로울 수 있는 구조도 설득의 이유가 됐다.[10] 종합 방송 채널에서는 자극적인 리액션으로 시청자의 후원을 이끌어 내야 하는 부담이 있었다. 게임 영상에 의지하는 게이머들의 방송은 종합 인기 순위에서 돋보이기 힘들었다. 트위치에 가면 이에 대한 부담 없이 좋아하는 게임 방송을 하면서 인정받을 수 있다는 것이 트위치 팬들의 논리였다.

실제로 풍월량은 이적하기 전 채널에서 종합 순위 51위에 그쳤지만, 현재는 '트통령(트위치의 대통령)'이라 불리며 트위치 구독자 수 최상위 그룹에 속해 있다. 특히 그는 욕설과 매너 없는 플레이를 콘텐츠로 삼았던 인터넷 방송인들과 달리, 진지한 태도로 게임 채널을 운영하고 있어서 게임 팬들에게는 더 인기가 높다. 그의 선례를 보고 트위치에서 더 나은 게임 방송을 진행할 수 있다는 희망을 가진 스트리머들은 트위치로 모였다. 트위치라는 플랫폼을 선택하고, 게임 방송을 진행하는 이들은 스트리머지만 이들의 활동 저변에는 트위치가 시청자와 게이머에게 더 나은 환경이 되도록 적극적으로 탐색하는 슈퍼 팬덤이 있다.

　트위치의 시청자들은 단순한 이용자가 아니라 구성원으로서 플랫폼이 더 나은 공간이 되도록 적극적으로 의견을 낸다. 최근 트위치는 카테고리를 세분화했다. 오버워치 내에서 경쟁전만을 선택해서 골라 보거나 특정 캐릭터를 사용하는 스트리머 방송만 볼 수 있도록 태그 검색을 추가했다. 자신이 원하는 방송을 더 빠르게 찾도록, 좋아하는 스트리머가 더 많은 시청자를 만날 수 있도록 기능을 추가해 달라는 시청자의 요구를 반영한 것이다.[11] 시청자가 소속감을 느끼고 의견을 개진하는 환경을 만드는 일은 콘텐츠 플랫폼이 지속적으로 발전할 수 있는 동력이 되고 있다.

당당한 트위치 백수

트위치 시청자는 스스로를 트수라고 부른다. 트위치와 백수를 합친 말이다. 트수는 포털 사이트 다음의 스트리밍 플랫폼인 다음TV팟에서 쓰였던 팟수라는 용어에서 출발했다. 당시 팟수는 하릴없이 플랫폼을 떠돌며 이 방송 저 방송을 보고 댓글을 다는 시청자를 일컫는 말이었다. 트수는 백수 계보의 연장선에서 트위치 유저들의 정체성으로 변모했다.

미디어 영역의 핵심 주체인 시청자를 왜 백수라 지칭하는지 의아하게 생각할 수도 있다. 이들 모두가 실제로 직업이 없는 사람들도 아닐 것이다. 하지만 백수는 시간이 많은 사람이라고 볼 수 있다. 트수라는 말에는 적극적으로 시간과 노력을 게임 방송에 투자하는 시청자의 모습이 투영되어 있다. 내 시간을 스트리머에게 투자할 여력과 의지가 있으며, 스트리머에 비견될 정도로 게임이나 트위치 플랫폼에 대해 적극적으로 탐구하는 소비자라는 자기 인식이 포함되어 있는 말이다.

그래서 트위치 시청자에게는 자기를 표현하고 대화를 나누는 것이 게임이라는 콘텐츠 자체만큼 중요하다. 특정 게임을 좋아하지만 직접 게임을 할 시간이 없어서, 쉽게 하기 어려운 대작 게임을 대신해 주는 모습을 보고 싶어서 게임 방송을 보는 것 아니냐는 일반적인 생각과는 다르다.

트위치의 인기 방송 목록을 살펴보면 트수들의 특징은

더욱 명확하게 드러난다. 인기 스트리머들이 업로드하는 게임 영상들 사이에는 특별한 공통점이나 두드러지는 경향이 없다. 풍월량의 경우 날마다 하는 게임이 다르다. 풍월량을 좋아하는 트수들은 그가 무슨 게임을 하든지 방송을 꾸준히 시청한다. 좋아하는 게임이 나오지 않아도, 좋아하는 스트리머의 방송은 보는 것이다. 이런 맥락에서 보면 게임 방송의 핵심은 게임이라는 콘텐츠 그 자체가 아닐 가능성이 크다.

많은 비용이 들어가는 게임을 해주는 스트리머에게 대리 만족을 느끼는 것 아니냐는 질문도 나올 수 있다. 플레이스테이션이나 VR 장비를 필요로 하는 게임, 닌텐도 스위치Nintendo Switch 게임 등은 게임기를 구매하는 데 큰돈이 들어가고 타이틀도 별도로 구입해야 하기 때문이다. 이 질문에 대해서는 대도서관의 발언이 답변이 될 수 있을 것이다. "대작 게임은 그래픽이 훌륭하고 스토리도 탄탄하나 시청률은 그리 높지 않다." 시청자들은 완성도 높은 게임을 보기 위해 트위치 방송을 보는 것이 아닐 수 있다.

대도서관은 오히려 게임 방송에서 인기 있는 장르로 플래시 게임을 꼽았다.[12] 플래시 게임 방송의 대표 스트리머 선바는 아동용 게임을 플레이하며 인기를 얻었다. 어렸을 때 했던 게임을 어른이 된 스트리머가 플레이하면서 지금은 이해할 수 없는 과거의 감성 코드를 재치 있게 보여 주는 것이 포인트다. 시청자들은 어린 시절에 했던 옷 입히기 게임이나 요리 게임을 플레이하는 그의 반응에 공감하며, 괴로워하는 선바의 리액션이나 코멘트에 재미를 느낀다.

플래시 게임처럼 단순한 픽셀 아트를 기반으로 하되 서사가 중심이 되는 쯔꾸르ツクール 게임도 트위치 내에서 많은 인기를 끌고 있다. 쯔꾸르 게임은 엄밀하게는 일본 기업 엔터브레인Enterbrain의 게임 제작 툴로 만들어진 게임이지만, 픽셀 아트를 사용하고 대사나 음악에 중점을 둔 게임을 통칭하는 표현이기도 하다. 쯔꾸르 게임의 경우 스토리가 중요하기 때문에 게이머가 읽어야 할 캐릭터의 대사와 정보가 무척 많은 편이다. 스트리머마다 더빙하는 방식이 달라서, 시청자는 같은 게임을 다른 방식으로 더빙하는 스트리머를 비교하며 시청을 즐긴다. 이런 사례로 미루어 봤을 때에도 트위치 유저들이 추구하는 핵심 가치는 게임 자체가 아니라 게임을 통해서 나누는 대화에 있는 것으로 보인다.

채팅창에서의 상호 작용은 개인적인 놀이 활동이 아니라 새로운 형태의 사교이자 커뮤니티 활동이다. 사회학자 지그문트 바우만Zygmunt Bauman은 공동체에서 벗어나서 방황하는 사람들을 유목민적 개인이라 칭했다. 혼자가 된 21세기의 유목민들은 혼자서 즐길 거리를 찾으며, 혼밥과 혼술, 혼영 등의 라이프스타일을 만들어 냈다. 바우만은 1인 가구 시대의 흩어진 사람들이 고립되지 않도록 자율적으로 도달할 수 있는 공적 영역이 필요하다고 주장했다. 트위치라는 실시간 방송 플랫폼은 바우만이 지적한 자율적인 공적 영역으로 작동할 가능성이 있다. 시청자들은 각자 다른 공간에 존재하지만 게임을 매개로 뭉치고 대화를 나눌 수 있기 때문이다.

최근에는 트위치 내에서 게임 스트리머가 음식이나 술을 먹으면서 토크를 하는 '먹방'도 인기를 끌고 있다. 트수들은 채팅창을 통해 현실에서 느끼는 외로움이나 미래에 대한 불안, 고독감과 소외감 등을 공유하고, 스트리머는 진지하게 조언을 한다. 취업이나 결혼 소식을 알리거나, 사소하게는 야식 메뉴를 추천해 달라고 하기도 한다. 시청자들은 사생활의 일부를 방송에 드러내 다른 이들의 반응을 확인하고 싶어 한다. 트위치는 방송을 켜고, 보고, 듣는 행위만으로 나와 닮은 이들과 연결될 수 있다는 안정감을 제공한다. 백수는 현실에서는 주류가 될 수 없는 캐릭터지만 트위치에서는 백수라도 괜찮다. 아니, 백수일수록 좋다.

겜잘알의 소통법, 훈수

트수들이 게임 방송에 참여하는 대표적인 형태는 채팅창에서 두는 훈수다. 과거에는 게임 방송이 E스포츠 대회 중심으로 진행됐고, 시청자들은 능숙한 게이머의 기술을 자신의 플레이에 참고하고자 게임 방송을 봤다. 그러나 일반인 게이머인 스트리머가 등장하며 시청자는 자신과 같은 수준에서 게임을 하는 스트리머에게 훈수를 두는 데서 새로운 재미를 느끼게 됐다.

훈수가 특히 활발한 게임 장르는 리그 오브 레전드나 배틀그라운드 같은 멀티 플레이 게임이다. 멀티 플레이 게임은 같은 상황에서도 멤버 구성이나 상황 판단에 따라 매번 다른 플레이가 펼쳐지기에 시청자의 훈수 내용도 다양해진다.

실제로 트위치 부사장 에단 에반스Ethan Evans는 2018년 독일에서 열린 게임 개발자 콘퍼런스Game Developers Conference에서 "트위치에서 스토리 기반 게임 방송이 차지하는 비중은 20퍼센트에 불과하다"며 "오히려 유저 간 대결(Player versus Player)에 기반을 둔 게임이 시청자와 스트리머 모두를 붙잡을 수 있다"고 했다.[13] 스트리머가 게임에서 승리할 수 있을지, 어떤 게임 플레이가 펼쳐질지 예상하기 어렵다는 점이 지속적인 참여를 유발한다는 것이다.

시청자가 훈수를 두는 이유는 자신을 단순한 관전자가 아니라 스트리머만큼 게임에 대해 잘 알고 있는 전문가로 인식하기 때문이다. 트위치의 시청자 대부분은 현실에서 게임을 즐기는 게이머다. 새로운 게임 출시 소식을 꿰고 있고, 관련 정보를 가장 먼저 탐색한다. 게임에 대해 많이 알고 있다고 자부하는 이들은 훈수를 통해 스트리머가 더 나은 게임을 하도록 돕고 싶어 한다. 심지어는 전직 프로 게이머가 진행하는 방송에 찾아가 훈수를 두기도 한다.

훈수가 대화의 많은 부분을 차지하게 되면서 시청자가 게임을 직접 통제하는 콘텐츠도 나타났다. 채팅창에서 시청 자가 명령어를 입력하면 게임 내의 캐릭터가 이에 따라 움직 이도록 설정된 트위치 연동 게임이 개발된 것이다. 대표적인 트위치 연동 게임이 포켓몬스터 시리즈와 트위치 채팅방을 연결한 트위치 플레이 포켓몬Twitch Plays Pokemon이다. 진행 방 식은 간단하다. 캐릭터의 이동 방향을 채팅창에 입력하면 된 다. 위로 움직이게 하려면 'UP'이라는 명령어를 쓰는 식이다. 게임이 가장 인기를 끌었을 때는 12만 명이 동시에 시청했고, 지금까지 총 116만 명이 해당 게임 방송에 참여했다.

트위치 연동형 게임은 시청자의 채팅에 따라 게임이 진 행되기 때문에 명령어가 충돌하면 사실상 게임 진행이 불가 능하다. 이에 따라 스트리머가 전반적인 게임 상황을 통제하 되 특정 상황에서만 시청자가 개입할 수 있는 형태의 장르도 나타났다. 초이스 챔버Choice Chamber는 스트리머가 설정 단계 에서 자신의 트위치 아이디를 입력하면 방송을 게임과 연결 시킬 수 있도록 만들었다. 일정 시간 동안 채팅방 내에서 가장 많이 득표한 명령어를 골라 캐릭터 행동에 반영하는 방식이 다. 시청자가 명령어를 선택할 수 있는 시간은 스트리머가 정했다. 시청자들은 플레이어가 무기를 선택하거나 마법을 쓸 때, 캐릭터의 능력치를 강화할 때, 명령어로 플레이에 개입할 수 있다. 캐릭터 이름을 채팅창에 참여하고 있는 시청자의 닉네임으로 바꿔서 보여 주거나, 채팅 내용을 게임 화면에 노출시키는 게임들도 있다.

트위치의 훈수 문화는 보는 것을 넘어, 참여하고 싶다는 시청자들의 욕구를 자극한다. 스트리머들은 방송이 끝나고 시청자와 게임에 대한 평가나 감상을 주고받곤 한다. 특히 긴 시간을 투자해 게임 엔딩을 확인했을 때 시청자와 함께 스토리는 어땠는지, 좋은 점은 무엇이고 아쉬운 점은 없는지 서로 의견을 공유한다. 대부분의 스토리 게임은 웅장한 서사를 갖고 있어서 제시간에 게임을 못 끝내는 경우도 있다. 끝나지 않은 게임으로 일종의 여지를 남기는 것도 스트리밍 문법의 하나가 되었다. 이는 다시 다음 방송의 대화를 여는 소재가 된다. 스트리머의 방송을 통해 게임을 접한 시청자가 남은 부분을 직접 플레이해 보기 위해서 게임을 구매하기도 한다. 시청자들은 다른 이들이 주목할 만한 의견을 내기 위해 연구하는 마음으로 게임에 임한다.

시청자는 훈수를 통해 자신의 게임 실력을·과시하거나, 스트리머가 자신의 훈수를 듣고 어려운 상황을 타개했을 때 기쁨을 느낀다. 하지만 훈수의 더 중요한 효과는 시청자를 트위치 플랫폼에 묶어 두게 된다는 점이다. 시청자 입장에서는 게임 방송을 틀어 놓기만 해서는 스트리머에게 훈수를 두기가 어렵다. 스트리머가 하고 있는 게임에 시선을 고정하고, 게임 방송을 집중해서 시청해야 도움이 되는 조언을 할 수 있다. 시청자들은 훈수가 오가는 과정에서 스트리머가 플레이하는 게임에 몰입하게 된다. 스트리머가 시청자의 훈수를 수용하고 플레이에 반영하면 효용감을 느끼고 더 좋은 제안을 하고 싶어 한다. 시청자가 훈수를 두고 이것이 게임 방송에 반영되는 경험이 실시간으로 반복되며 게임 외의 요소로 관심이 분산되는 것을 막는 것이다.

트위치를 연결하는 도네이션

트위치는 실시간 채팅창 외에도 스트리머와 대화할 수 있는 다양한 시스템을 갖추고 있다. 도네이션donation이라고 불리는 후원 시스템이 대표적이다. 스트리머에게 일정 금액을 후원하면서 짧은 글을 적어 보내는 방식이다. 도네이션 메시지는 방송을 보는 모든 이들의 화면에 노출되고, 스트리머의 설정에 따라 전자 음성이 메시지 내용을 읽어 준다. 텍스트 메시지에 음성과 영상도 삽입할 수 있다. 도네이션 메시지는 채팅창의 메시지보다 눈에 띄고, 화면에 별도로 노출되기 때문에 스트리머뿐 아니라 다른 시청자의 관심을 끌 수 있다.

시청자들은 도네이션 메시지를 통해 방송에 재미를 더한다. 도네이션 기능을 활용해 스트리머에게 방송에 적절한 자막이나 애드리브를 삽입하는 것이다. 스트리머가 급박한 상황에 있을 때 그에 맞는 배경 음악을 삽입하거나, 급박한 상황에 어울리지 않는 평화로운 배경 음악을 삽입해서 재미를 유발한다. 일반 방송에서 제작자가 하는 역할을 시청자가 대신하는 셈이다. 도네이션 메시지가 방송 진행에 직접적인 도움을 주는 경우도 있다. VR 게임을 하는 경우 게임 장비를 착용한 스트리머는 시야가 제한될 수밖에 없다. 스트리머가 다른 곳으로 시선을 돌릴 수 없을 때, 시청자는 도네이션 메시지를 통해 게임 속 난관을 타개하는 데 필요한 팁을 준다. 도네이션 메시지로 역할극을 하기도 한다.

'항아리 게임'이라는 별칭을 가지고 있는 게팅 오버 잇 위드 베넷 포디Getting Over It with Bennett Foddy는 트위치에서 선풍적인 인기를 끌었던 게임이다. 스토리는 단순하다. 항아리에 몸이 낀 남자가 불편한 몸을 이끌고 암벽 등반 망치를 이용해 산을 오른다. 시청자가 언제 방송에 들어와도 룰을 이해할 수 있을 정도의 쉬운 게임이다. 대신 어딘가 어설프고 불편한 조작 환경이어서 게이머가 실수를 할 가능성이 높다. 실수를 하면 무조건 출발점으로 돌아가야 한다. 스트리머는 어렵게 등정한 캐릭터가 떨어지는 모습을 보면서 괴로워하고, 시청자들은 스트리머가 표정을 구기며 비명을 지르는 모습을 보면서 즐거워한다.

캐릭터가 산 아래로 떨어지는 장면의 반복을 지루하지 않게 만드는 것이 시청자의 개입이다. 방송을 보고 있던 팬들은 음성 도네이션을 활용해 스트리머의 리액션과 캐릭터의 상황에 조응하는 배경 음악을 삽입한다. 이 게임은 모두가 해보고 싶어 하는 인기 게임이 아니었지만, 스트리머의 리액션과 시청자의 개입으로 새로운 재미를 만들면서 화제가 됐다. 트위치에서는 이처럼 시청자가 도네이션을 통해 더 많이 개입할 수 있는 게임이 작품성과 무관하게 인기를 끈다.

재미있는 방송 영상을 발견하면 친구에게 보여 주고 싶은 마음이 들기 마련이다. 트위치 시청자들은 다른 스트리머의 방송 일부를 클립clip으로 따서 공유한다. 트위치에서 클립 기능을 사용하면 약 1분 길이의 토막 영상이 생성된다. 클립에는 제목을 붙일 수 있고, 해당 클립의 링크를 다른 유저와 공유할 수 있다. 대부분의 시청자는 시청 몰입이 극대화된 시점에 클립 기능을 사용한다. 스트리머가 게임 내에서 극적인 상황에 처했을 때나, 토크 내용이 인상 깊을 때 클립을 남긴다. 스트리머의 매력이 가장 두드러지는 시점이 클립으로 남을 가능성이 높기 때문에 클립은 스트리머를 홍보하고 광고하는 마케팅 수단으로 활용되기도 한다. 클립을 만드는 유저

들을 클리퍼라고 부른다. 트위치는 클립 영상을 많이 만드는 시청자에게 파워 클리퍼power clipper 배지를 부여한다.[14]

트위치에서 클립은 영상 도네이션과 떼놓을 수 없는 파트너다. 많은 시청자들이 보고 있던 스트리머의 클립 영상을 도네이션 기능을 이용해 다른 스트리머에게 보여 준다. A 스트리머의 방송을 보는 시청자가 인상 깊은 장면을 클립으로 만들어 B 스트리머에게 공유하는 것이다. 두 스트리머는 실제로 친한 사이일 수도 있지만, 서로의 존재 정도만 알고 있거나 모르는 사이일 수도 있다. 시청자들의 클립과 영상 도네이션은 스트리머를 잇는 가교 역할을 한다. 시청자의 클립 영상 도네이션을 본 스트리머는 이에 대해 리액션을 하고, 시청자는 리액션 영상을 클립으로 만들어 다시 첫 클립 영상의 스트리머에게 공유한다. 시청자의 도움으로 스트리머는 다른 스트리머와 소통할 수 있다. 도네이션과 클립 기능은 트위치 내에 있는 수많은 방송을 연결한다.

트위치의 기능은 시청자가 중요한 순간을 개인적으로 기록하는 것을 넘어 다른 이들과 쉽게 공유할 수 있게 설계돼 있다. 도네이션 메시지를 전송하기 위해서는 별다른 기술이 필요하지 않고, 메시지를 쓰기만 하면 된다. 생방송 도중에 클립 버튼을 누르고, 시간 바를 원하는 곳에 두면 쉽게 영상을 자를 수 있다. 링크를 통해 바로 공유할 수 있고, 이 링크를 도네이션 메시지에 넣으면 영상 도네이션이 완성된다. 모두 동기화되어 있고, 이용하기 쉽다는 것이 중요한 점이다. 트위치에서 시청자가 만드는 클립은 콘텐츠로 유통되면서 유튜브 등 다른 플랫폼에 업로드되고, 트위치에 새로운 시청자를 유입시키는 계기가 된다.

역외자의 커뮤니티

백수라는 특징은 트위치에서 중요하게 부각되는 정체성이다. 영상 길이가 짧고 전개가 빠르며 자극적인 인스턴트 비디오가 경쟁하는 유튜브와 달리, 트위치는 스트리머와 시청자 모두 실시간을 투자해야 한다. 스스로를 백수라고 부르는 트위치의 시청자들은 게임과 게임 방송에 시간을 쏟는 것을 시간 낭비로 여기는 사회의 편견에도 불구하고 꿋꿋하게 게임을 즐긴다는 집단의 정체성을 공유한다.

주류로부터 소외되어 있다는 역외자의 정체성은 트위치라는 공동체를 구성하는 공통 정서가 되어 커뮤니티를 유지하는 힘으로 작동한다. 이들은 백수의 특징이 자신에게도 있다는 점을 강조하며 트수 집단에 소속되고 싶어 한다. 예를 들어 트수들은 스트리머 후원금을 '친구 비용'이라고 부른다. 스트리머에게 월마다 꾸준히 일정 금액을 후원하는 트위치의 구독 체계를 자신의 일상을 채워 주는 친구가 되어 주는 데에 대한 고마움의 표시라고 설명하는 것이다. 구독을 갱신할 때는 메시지를 함께 보낼 수 있는데 트수들은 "이번 달의 친구비야"라거나 "언제나 친구로 있어 줘서 고마워"라는 메시지를 종종 쓴다.

스트리머는 스스로를 성공한 백수라고 소개한다. 한국에서 무의미한 여가 활동으로 분류되는 게임에 빠져 있고, 시시콜콜한 대화를 나누며 돈을 버는 자신의 모습이 화려한 스타보다는 진화한 백수에 가깝다는 것이다. 여기에서 비슷한 외모나 성격, 특징을 가진 이들끼리 호감을 느끼는 유사성의 원리가 작동한다. 백수라는 캐릭터는 스트리머를 연예인이나 범접할 수 없는 스타가 아니라 자신과 비슷한 공간에서 컴퓨터 게임을 즐기는 친구로 인식하게 만든다.

트수에 상응하는 영어 표현은 너드nerd다. 소설가이자 유튜브 비디오 블로거인 존 그린John Green은 현대 사회의 너드를 긍정적으로 정의한다. 그린은 너드에 대해 "처음 만난 이들에게도 자신이 좋아하는 것을 떳떳하게 밝히고, 추종자가 따를 정도로 자신의 열정에 충실한 사람들"이라고 정의한다. 그리고 "이들은 온라인에서 깊은 유대감을 나누며 굉장히 멋지고 또 복잡한 세계를 만들어 가고 있다"며 "단순히 콘텐츠를 시청하는 데 그치지 않고, 커뮤니티 멤버로서 자신들의 콘텐츠의 일부가 된다"고 평가했다.[15]

그의 정의에 따르면 트위치는 너드들의 공간이다. 트수들은 좋아하는 스트리머나 게임에 대해 해박한 지식을 가지고 있다. 공동의 관심사를 주제로 채팅창에서 처음 만난 이들과 적극적으로 소통한다는 점에서 트수들의 정체성도 너드와 같이 긍정적으로 해석할 수 있다. 또 트수들은 채팅을 통해 실시간으로 자신의 감정을 서술하고, 채팅방 분위기에 따라 재미있는 밈들을 생성해 나간다.

대표적인 것이 콘크리트 밈이다. 콘크리트 지지층은 정치권에서 강력한 지지 기반을 의미하는 표현이다. 트수들은 콘크리트라는 단어를 특정 게임 타이틀에 결합시켜 그 게임을 지지하고 좋아하는 마음이 변치 않는 팬덤이라는 의미로 사용한다. 예를 들어 돌크리트는 하스스톤 게임의 추종자다. 게임 이름에서 스톤stone이라는 단어를 돌로 바꿔 부르는 것이다. 돌크리트를 자처하는 사람들은 하스스톤을 가장 좋아한다는 사실을 드러내고 싶어 하고, 자신이 즐겨 보는 스트리머가 하스스톤을 소재로 방송해 주기를 바란다. 리그 오브 레전드의 팬덤은 롤크리트, 오버워치의 팬들은 옵크리트라 불리며, 배틀그라운드의 팬들은 스스로를 배크리트라 부른다. 콘크리트 밈이 있는 게임은 특정 시기에 유행했거나, 꾸준히 인기를 얻고 있는 게임계의 베스트셀러와 스테디셀러라고 할 수 있다.

특정 게임이 어렵거나 이상할 때, 트위치에서는 '매운

맛이 난다'는 표현을 쓴다. 스트리머의 역량이 부족해 게임 전개가 더디거나, 난이도가 높지 않은 게임을 스트리머가 잘 해내지 못하고 있을 때도 같은 표현을 쓴다. 매운 맛의 정도가 심해지면 스트레스를 받는 것처럼, '매운 맛이 나는' 영상은 시청자들의 스트레스를 유발한다. 시청자들은 방송이 답답해 이를 악 문다는 뜻에서 '어금니 깨진다'거나 '치과에 가야겠다'고 말하기도 한다. 반대로 스트리머가 게임을 잘 이해해 능숙하게 소화할 때, 안정감을 주는 농사나 낚시 게임 등을 플레이할 때는 '순한 맛이 난다'고 표현한다.

　시청자들은 같은 스트리머를 좋아하는 사람들과 소통 방식을 만들고 커뮤니티 규칙을 정하기도 한다. 즐겨 쓰는 말이나 게임을 하는 중에 튀어나온 감탄사가 스트리머 팬덤의 밈으로 자리를 잡는다. 매너 있는 방송 참여의 기준이나 시청자들 사이에서 환영받는 유머 코드도 팬덤마다 다르다. 이와 같은 문화는 팬덤 사이에서 생성되고 확산되며, 이들의 정체성을 설명하는 문화가 된다.

　무엇보다 트위치에서는 게임 방송을 보는 일을 이상하다고 생각하지 않는 트수들과 스트리머를 만날 수 있다. 《와이어드Wired》의 창립 멤버이자 미래학자인 케빈 켈리Kevin Kelly는 "미래에는 사람들의 시간을 효과적으로 절약해 주는 실시간 플랫폼이 더 필요해질 것"이라고 말한 바 있다.[16] 켈리는 현실에서 얼굴을 마주 보고 의사소통을 하고, 마음을 터놓는 데까지 필요한 시간을 들이지 않고도 그만큼의 안정감을 제공할 수 있다는 의미에서 절약이라는 단어를 사용했다. 켈리의 관점에서 본다면, 트위치의 역외자 정체성은 트위치의 시청자에게는 안정감 있는 커뮤니티에 접속하는 가장 경제적인 방법이다.

우왁굳과 왁청자들

2018년 8월 3일, 한 신발 편집 매장 앞에 10대, 20대 청년들이 줄을 서기 시작했다. 8월 4일 발매될 휠라의 신상품을 가장 먼저 구매하기 위해 모인 이들이었다. 매장 문이 열리자 이들은 너 나 할 것 없이 누군가의 캐리커처가 담긴 티셔츠와 에코백, 양말과 핸드폰 케이스 등을 사 들고 나왔다. 대다수의 사람들은 이 광경을 보고 무척 의아했을 것이다. 캐리커처의 주인공은 유명한 연예인도 아니었고, 잘 알려진 인물도 아니었다. 밤샘 노숙을 불사한 청년들은 성인 남성의 얼굴에 햄스터 귀가 달린, 헤드폰을 쓴 낯선 인물에 열광했다. 이들이 기다린 것은 트위치의 스트리머 우왁굳과 휠라의 컬래버레이션 상품이었다. 제품에 담긴 이미지는 '왁두'라는 애칭을 가지고 있는 스트리머 우왁굳의 캐리커처였다.

이벤트는 온전히 우왁굳의 팬들만을 위해서 기획됐다. 아는 사람만 아는 우왁굳 캐릭터와 팬들 사이에서 통하는 밈을 제품에 넣었고, 우왁굳이 어렸을 때 살았다는 인천 간석동[17]에서 오프라인 행사를 진행했다. 더 많은 사람에게 상품을 팔아야 하는 브랜드 입장에서는 소비층을 좁히는 선택일 수도 있었다. 그러나 컬래버레이션 상품은 출시 당일 오전에 모두 매진됐고, 온라인 쇼핑몰 무신사에서는 15분 만에 전 상품이 품절됐다. 휠라 공식 온라인 사이트도 접속자 폭주로 일시 마비됐다.

우왁굳은 2008년부터 게임 방송을 시작한 한국 게임 방송의 선두 주자로, 2016년 8월 트위치에 자리를 잡았다. 우왁굳의 트위치 구독자 수는 약 40만 명이다. 국내에서 다섯 손가락 안에 꼽힐 만큼 많다. 생방송에는 평균 3000~4000명의 시청자가 접속한다. 이들은 스스로를 '왁청자'라 부르며 팬덤 활동에 참여한다. 우왁굳이 트위치 방송에서 휠라와의 협업 소식을 알렸을 때, 왁청자들이 뜨거운 반응을 보인 것은 당연했다. 시청자들은 '휠라 정도는 되어야 우왁굳과 협업하지'라며 자랑스러워했다. 의외의 소식에 놀라기는 했지만, 휠라와 같은 대형 브랜드와 협업하는 일이 충분히 가능하다고 확신하는 분위기였다. 우왁굳에 대한 애정이 바탕에 있기 때문이기도 했지만, 이미 그가 팬덤과 다양한 방식으로 협업하는 과정에서 얼마나 많은 참여를 이끌어 낼 수 있는지 확인했기 때문이었다.

우왁굳은 트위치의 스트리머 중에서도 특히 팬덤과의 소통과 협업에 능숙하다. 그는 다른 스트리머와 합동 방송을 하기보다 시청자와 함께할 수 있는 방법을 고민한다. 팬 카페를 통해 함께 게임 방송을 할 시청자를 모집하기도 하고, 생방송을 하다가 즉석에서 시청자를 호명하기도 한다. 우왁굳을 상징하는 캐릭터도 시청자가 선물한 팬 아트에서 출발한 것이다. 이 캐릭터는 팬덤 내부의 공공재가 되어 팬들이 원하는 디자인으로 계속해서 바뀌고 있다.

우왁굳은 휠라와의 컬래버레이션 상품도 팬들과 함께 만들었다. 팬들이 입고 싶은 옷을 만들면 소비자가 원하는 것을 가장 잘 반영할 수 있다고 확신해서다. 이 과정에서 왁청자는 기획과 소비를 책임지는 프로슈머로 활약했다. 팬들은 우왁굳의 유행어 중에서 의상에 담을 수 있는 것들을 찾아내기 시작했다. 이 과정에서 우왁굳의 캐리커처는 물론, 우왁굳의 팬들 사이에서 유행하던 밈이 상품 디자인에 반영됐다. '제발 니 인생에 훈수하세요'라는 의미의 줄임말 '제니훈'이나, 우왁굳이 악성 시청자를 부르는 말인 침팬지가 이미지나 문구 등으로 사용됐다. 이들은 자신이 속한 팬덤 내의 친구들이 실제로 입을 옷을 만든다는 생각으로 디자인에 참여했다.

이와 같은 참여가 트위치 내에서는 일상적으로 일어난다. 트위치에는 스트리머에게 매달 일정 금액을 지불하는 구독 기능이 있다.[18] 구독을 하면 스트리머의 방송에 광고 없이 접근하고, 정기 구독 배지와 이모티콘을 사용할 수 있다. 구독 배지와 이모티콘은 팬덤에게는 각별한 의미다. 스트리머와 얼마나 오랜 시간 관계를 유지해 왔는지를 보여 주는 수단이기 때문이다. 구독 배지는 채팅을 입력할 때 닉네임 앞에 붙는 것으로, 구독 기간이 길수록 더 화려해진다. 스트리머를 더 오래 후원한 팬일수록 화려한 배지를 받는다. 아프리카TV에도 팬 전용 배지가 있지만, 매달 가장 많은 금액을 후원한 열 명에게 주어지는 배지와 그렇지 않은 팬을 구분하는 두 가지 종류만 있다. 트위치의 구독 배지는 금액이 아니라 시간을 기준으로 부여된다는 점에서 차이가 있다.

구독 이모티콘은 구독자에게만 주어지는 채팅 이모티콘이다. 스트리머가 방송에서 자주 쓰는 말이나 사진, 팬 아트 등이 활용된다. 구독 이모티콘을 쓰고 싶어 구독을 결심하는 시청자들도 있다. 구독 배지와 이모티콘은 스트리머와 팬들이 함께 만드는 경우가 많다. 스트리머가 자주 쓰는 밈이나 캐릭터, 사진이나 그림 등을 활용한다. 스트리머에 대한 애정이 이모티콘 안에 녹아 있다고 할 수 있다.

팬들은 트위치의 게임 방송 영상을 편집해 선물하거나, 스트리머와 팬덤의 스토리가 담겨 있는 팬 게임을 제작하기도 한다. 스트리머를 주인공으로 내세우며 스트리머의 지인이나 관련된 이벤트, 유행어 등을 두루 활용한다. 팬 게임을 만드는 이들은 스트리머 본인 못지않게 스트리머라는 직업에 대한 이해도가 높다. 특정 스트리머와 팬들만이 공감할 수 있는 디테일한 상황들이 포함되어 있다. 이들이 생산해 내는 콘텐츠의 퀄리티는 아마추어 작품이라고 보기 어려운 수준이다. 우왁굳은 해마다 팬 공모전을 여는데 편집 영상, 보컬, 음원, 팬 게임, 팬 아트 부문 등으로 나뉘어 있다. 각 부문에 응모한 작품을 방송을 통해 함께 보고 시상식도 개최한다.

우왁굳과 휠라의 협업은 스트리머의 가치를 시장에 제대로 각인한 사례였다. 휠라는 젊은 소비자를 확보하기 위한 변화를 꾀하고 있었다. 10대 배우 김유정을 광고 모델로 기용한 것이나, 펩시나 메로나 같은 스낵 브랜드와 협업한 것도 이러한 전략의 일환이었다.[19] 젊은 세대가 주목하는 인터넷 방송 스트리머와의 협업은 휠라를 동시대와 호흡하는 브랜드로 만드는 데에 크게 기여했다. 스트리머의 영향력을 확인한 휠라는 우왁굳에 이어 스트리머 조매력과도 협업 제품을 출시했다.[20] 스트리머와 협업한 제품들은 출시와 동시에 매진을 기록하고 있다.

케빈 켈리는 "성공하려면 진정한 팬 1000명만 만들면 된다"고 했다.[21] 팬덤의 크기보다 영향력이 중요한 시대라는 의미다. 우왁굳 팬덤의 규모는 유명한 연예인에 비해 크지 않지만, 그에게는 매일매일 생방송에 접속하는 슈퍼 팬덤이 있다. 휠라가 다른 방송 플랫폼이 아니라 트위치의 스트리머를 선택한 것은 팬들의 일상적인 참여에 있었다. 스트리머와 슈퍼 팬덤은 규모는 작지만 활발하게 움직인다. 스트리머를 잡는 것은 곧 충실한 팬덤을 확보하는 일로 이어진다.

트위치를 잡으면 뜬다

스트리머는 대중에게 영향을 주는 인플루언서로 성장했다. 스트리머라는 직업과 라이프스타일이 알려지며 스트리머의 삶이 게임 소재로 활용되기도 한다. 심즈4에는 스트리머로 보이는 인터넷 스타라는 직업이 등장한다. 실제 스트리머를 소재로 한 게임도 나왔다. 국내 인디 게임 던그리드Dungreed는 스트리머 머독이 나오는 특별판 독그리드Docgreed를 제작했다. 2018년 9월에 개최된 부산 인디 게임 페스티벌에서 이벤트 목적으로 개발한 이 게임 속 머독은 실제 스트리머인 머독의 특징이나 유행어를 그대로 쓴다. 팬들 사이에서는 머독이 생방송 중에 이 게임을 시연한 것이 화제가 되기도 했다.[22]

스트리머를 소재로 한 게임이 특별한 이유는 스트리머가 자신과 같은 일상을 사는 캐릭터로 게임하는 것 자체가 독특한 재미를 만들어 내기 때문이다. 스트리머는 캐릭터에게 감정을 이입하면서도, 캐릭터와 자신의 삶을 비교해 설명해 준다. 시청자는 방송을 하고 있는 스트리머와, 게임 속에 나오는 스트리머의 차이에서 재미를 느낀다. 스트리머라는 직업이 게임 속의 옵션으로 등장하고, 스트리머를 소재로 한 게임까지 개발되는 현상은 스트리머의 영향력을 보여 준다.

이들은 게임 방송을 진행하면서, 게임에 대한 정보를 전달하고 소비자의 구매에 영향을 미친다. 하지만 인기 유튜버나 인스타그램의 패션 인플루언서와 비교하면 트위치의 스트리머는 화려한 스타처럼 보이지 않는다. 유튜브나 인스타그램, 틱톡TikTok 등에서 동영상 크리에이터로 활동하고 있는 스타들은 생방송을 하나의 이벤트로 진행한다. 스타들은 준비해 둔 편집 영상을 먼저 선보이고, 댓글로 채워지지 않는 소통의 욕구를 충족시키기 위해 별도의 생방송 시간을 마련한다. 스타와 실시간으로 소통할 수 있는 시간이 팬덤에게는 특별한 이벤트처럼 느껴진다.

반면 트위치는 실시간 방송을 통해 정서와 취향을 공유하는 일이 일상적으로 일어나는 플랫폼이다. 매일매일의 생방송은 특별한 일이 아니다. 스트리머와 시청자는 일시적인 관계가 아니라 서로의 취향을 파악하고 배려하며 행동하는 동료로 남는다. 예를 들어 스트리머는 시청자가 보고 싶어 하는 게임을 고려해 생방송 콘텐츠를 결정한다. 동시에 시청자도 스트리머의 기분을 배려하고, 생방송 예정이었던 콘텐츠가 바뀌어도 너그럽게 이해한다. 콘텐츠가 바뀌면 채팅창 분위기를 환기하는 것도 시청자들이 자발적으로 행하는 일이다.

스트리머들은 게임을 매개로 라이프스타일을 공유하는 데서 즐거움을 느낀다. 연초에 해돋이를 함께 보는 생방송 콘텐츠가 대표적인 예다. 현실 세계와 마찬가지로 낮과 밤의 시간 구분이 있는 게임에서 아침을 함께 기다리거나, 해가 떠오르는 시점으로 고정되어 있는 게임 맵에서 온라인 해돋이 보기 행사를 여는 것이다. 월드 오브 워크래프트(World of Warcraft, 줄여서 '와우'라고 한다)에는 팬들이 함께 일출을 보는 '와돋이' 문화가 있다. 실제 해가 뜨는 시간을 반영하고 있는 게임 시스템과 하나의 맵에 여러 명이 모여서 대화를 나눌 수 있는 기능을 이용했다. 온라인 해돋이 문화가 유행하면서 이제 시청자들은 어떤 스트리머와 어떤 게임에서 연초를 함께 보낼지를 고민한다.

　　게임 산업에서는 트위치를 주시하는 일이 선택이 아닌 필수가 됐다. 트위치를 통해 자사 게임이 콘텐츠로 어떻게 활용되고 있는지, 평가는 어떤지 확인할 수 있어서다. 트위치에서 유행한 게임은 대중적인 인기로 이어질 가능성이 있다.

　　트위치는 게임 산업 종사자가 트위치 내에서 커뮤니티를 확보할 수 있게 돕는 기능을 갖추고 있다. 드롭스drops 기능이 대표적이다. 드롭스는 게임 개발사가 자사의 게임을 방송하고 있는 스트리머와 그 방송을 시청하고 있는 시청자에게 보상을 제공할 수 있는 기능이다.[23] 보상의 종류는 개발자가 설정할 수 있는데, 보통은 게임 관련 아이템이다.

　　오버워치는 2018년 11월 21일부터 일주일 동안 트위치에서 오버워치 방송을 두 시간 이상 시청한 이들에게 스프레이 아이템을 제공했다. 트위치나 개발사에서 스트리머를 지정하는 경우도 있다. 오버워치는 드롭스 이벤트 대상으로 전 세계의 스트리머 14명을 선정했다. 국내 스트리머 미라지mirage와 김재원이 포함됐다. 이벤트 기간 동안 미라지의 생방송에는 최대 7만 명의 사람들이 모였다. 미라지와 김재원을 모르는 해외 게이머들도 접속했다.

개발자들은 게임 진행과 크게 관련이 없는 이스터 에그easter egg를 통해 자기 존재를 드러낸다. 이스터 에그는 작품에 대한 해석이나 비하인드 스토리 등이 포함되어 있는 장치다. 단순히 재미나 독특한 경험을 주기 위해 이스터 에그를 심는 경우도 있다. 팬들은 잘 드러나지 않는 곳에 숨겨져 있는 이스터 에그를 찾는 문화를 즐긴다. 이를 통해 차기 작품에 대한 힌트를 얻을 수 있을 때도 있다. 개발자와 팬들의 소통 문화는 게임 팬들에게는 익숙한 것인데, 트위치에서는 이와 같은 소통이 더 적극적인 형태로 나타난다.

개발자가 게임 방송에 찾아와 말을 거는 경우도 있다. 개발자들은 예고 없이 스트리머의 방에 찾아온다. 트위치에서는 게임 제목을 검색하면 전 세계의 스트리머를 확인할 수 있다. 개발자들은 글로벌 유저의 의견과 평가를 실시간으로 들을 수 있다는 점 때문에 트위치를 주시한다. 이들은 시청자의 한 사람으로 스트리머의 플레이에 대한 조언을 채팅으로 보내거나, 자신이 만든 게임을 플레이한 것에 대한 감사 표시로 스트리머를 후원한다.

스트리머가 생방송 중에 버그를 발견해 스트리머와 시청자, 그리고 개발자가 문제 해결을 위해 협업하는 일도 벌어진다. 풍월량은 스트리머 록맨을 위한 팬 게임 메가맨Megaman 2.5D를 생중계하다 원인을 모르는 버그로 게임이 두 번이나 종료되는 사태를 겪었다. 이때 해당 게임 개발자가 채팅창에 등장했다. 그는 "당신이 지금 찾은 문제를 해결하기 위해 노력하고 있다"면서 "버그를 해결하는 즉시 새로운 버전에 반영될 것"이라고 말했다.

풍월량은 버그로 인해 어떤 일이 있었는지 설명했고, 시청자들은 풍월량의 말을 영어로 번역해 개발자에게 전달했다. 개발자는 상황에 대해 듣고 조언했으며, 이를 다시 시청자가 한국어로 번역해 풍월량에게 전달했다. 풍월량이 게임을 하다가 불편했던 점에 대해 건의하기도 했고, 시청자와 개발자의 자발적인 질의응답 시간이 만들어지기도 했다. 이 사건 이후에 공개된 새로운 버전의 패치 노트에는 풍월량에 대한 감사 인사가 들어 있다.[24]

게임 업계는 인디 게임 제작자부터 거대 제작사까지 스트리머와 협력하는 전략을 취하고 있다. 인디 게임은 투자 회사나 대규모 제작사에 의존하지 않는 게임을 말한다. 구글 플레이나 스팀Steam[25] 등의 글로벌 오픈 마켓이 등장하고, 개인

또는 소수의 개발자가 직접 만든 게임으로 수익을 얻을 수 있게 되면서 인디 게임의 숫자도 늘어나고 있다. 프로그래밍에 정통하지 않더라도 무료 게임 엔진을 이용하여 소수의 인원으로 게임을 만들 수 있게 되었다는 점도 인디 게임이 성행하게 된 배경이다.

마케팅 비용을 많이 쓰기 힘든 인디 게임 개발자에게는 트위치 내에서의 인기와 평판이 결정적이다. 그래서 게임 개발자 사이에서는 인디 게임의 트위치 진출, 스트리머와 시청자의 관심을 확보하는 문제가 중요한 과제로 대두됐다. 2016년 미국 샌프란시스코에서 열린 게임 개발자 콘퍼런스에서 연사로 나선 게임 전문 기자 토머스 라이제네거Thomas Reisenegger는 '인디 게임을 홍보하는 다섯 가지 방법'을 주제로 발표하면서 스트리머에게 해당 게임을 미리 제공하고, 게임 플레이를 시청자에게 공개하는 방법을 제시했다. 인디 게임 개발자에게 가장 효과적이고 경제적인 홍보 방법이라는 것이다.[26] 스트리머가 시연하는 인디 게임이 멀티 플레이어를 요구하는 장르라면, 시청자는 스트리머와 함께 게임하는 기회를 얻을 수도 있다. 인디 게임이 실시간 방송 소재가 되면 스트리머를 통한 홍보 효과와 신규 유저 확보 효과를 동시에 얻을 수 있다는 의미다.

국내 최대 게임 쇼인 지스타G-STAR에서도 개발사들이 트위치의 스트리머를 섭외해 신작을 홍보한다. 스트리머의 팬덤이 개발사에서 가장 주목하는 타깃 고객이기 때문이다. 스트리머에게 홍보 방송을 의뢰하되, 트위치로 개인 생방송을 송출하는 것이 일반적이다. 개발사들은 현장 방송과 동시에 트위치 생방송을 진행하며 지스타 현장에 오지 않은 게임 팬덤까지 포섭하기 위해 노력한다. 지스타를 앞두고는 트위치의 인기 스트리머를 어느 부스에서 섭외하는지가 팬들 사이에서 화제가 되기도 한다.

2018년은 지스타에서 기록할 만한 변화가 일어난 해였다. 지스타 관람객의 대부분이 스트리머를 보기 위해 행사장을 찾은 게임 팬덤이었기 때문이다. 게임 기업에서 스트리머를 섭외해 부스 운영을 하는 것이 일반화되었고, 스트리머는 게임 산업의 인플루언서로 자리매김했다. 트위치는 파트너 라운지라는 스트리머 전용 공간을 만들어 스트리머를 특별 대우하고 있다. 스트리머는 관람객이 접근할 수 없는 독립적인 공간에서 동료 스트리머와 교류할 수 있다. 2018년 지스타에서는 많은 스트리머가 지스타 현장과 파트너 라운지 등에서 만난 동료 스트리머와 함께 있는 모습을 생중계했다. 시청자들은 스트리머가 지스타에서 인정받고, 동료들과 교류하는 모습을 실시간으로 확인할 수 있었다.

전 세계의 게임 산업 관계자가 총출동하는 콘퍼런스 E3도 행사 전체를 트위치를 통해 생중계하고 있다. 2018년 마이크로소프트와 엑스박스가 신작 게임 콘퍼런스를 진행했을 때는 170만 명의 게이머가 트위치 생방송을 시청하기도 했다. 스트리머가 E3를 송출하며 팬덤과 함께 이야기를 나누는 것은 트위치의 연례행사다. 스트리머는 누구보다 빠르게 실시간으로 최신 게임 정보를 전달하는 역할을 한다. 글로벌 게임 개발사가 이들의 관심을 얻기 위해 트위치에서 신작을 공개하고 홍보한다.

광고하지 말고 협력하라

배틀그라운드는 출시 16일 만에 100만 장을 판매하고, 게임 마켓 플랫폼 스팀에서 가장 빨리 팔린 기록을 가지고 있는 인기 게임이다. 그러나 개발사 펍지PUBG 내의 소규모 팀에서 시작한 프로젝트였기에 초기에는 마케팅에 충분한 자본을 투자할 여유가 없었다. 이들은 적은 자본으로 게임을 알릴 수 있는 방법을 고민했다. 펍지가 주목한 것이 트위치였다.

펍지는 트위치 스트리머에게 개발 단계에 있는 배틀그라운드를 무상으로 제공했다. 게이머들은 다른 사람보다 더 나은 게임 플레이를 선보이겠다는 기대와 욕구를 가지고 있다. 배틀그라운드가 스트리머 사이에서 공유되기 시작하면, 점차 많은 이들이 더 나은 플레이를 보여 주기 위해 배틀그라운드에 뛰어들 수 있다. 또 배틀그라운드와 같은 온라인 경쟁 게임은 트위치에서 인기가 많았다. 시청자들이 스트리머에 따라 매번 다른 게임 플레이를 간접 경험할 수 있다는 매력이 있어서다.

스트리머마다 제각기 다른 게임 콘텐츠를 생산해 낸다는 점에서도 트위치는 적은 투자로 입소문을 퍼뜨릴 수 있는 방법이다. 배틀그라운드라는 하나의 게임이 스트리머의 방송을 거치면 각기 다른 콘텐츠로 진화한다. 승리를 목적에 두지 않고 즐거운 게임을 추구하는 스트리머가 있는 반면, 여러 무기를 테스트하거나 배틀그라운드의 유료 아이템을 시청자에게 소개하는 것을 포인트로 삼는 스트리머도 있다. 개발사가 직접 콘텐츠를 기획하지 않아도 스트리머가 자신의 경쟁력을 고민하는 과정에서 자연스럽게 다양한 형식의 콘텐츠가 생산되는 것이다.

당시 펍지가 제공한 것은 정식 출시 버전이 아닌 얼리 액세스Early Access 단계[27]의 배틀그라운드였다. 스트리머에게는 출시 전의 게임을 먼저 테스트할 수 있다는 것이 자부심이자 즐거움이다. 이들은 게임에 대한 평가를 하기도 하고, 플레이 중에 버그가 발생하면 실시간으로 게임사에 제보했다. 펍지의 커뮤니티 매니저 강경은 팀장은 배틀그라운드가 빠른 시일 내에 인기 게임으로 성장할 수 있었던 배경으로 스트리머의 역할을 꼽았다. 그는 "배틀그라운드 개발 초기 단계부터 스트리머의 중요성과 영향력을 이해하고, 그들과 돈독한 관계를 맺기 위해 노력했다"며 "스트리머는 배틀그라운드로 다양한 콘텐츠를 생산했고, 배틀그라운드가 더 나은 게임이 되는 데 도움을 줬다"고 했다.

누군가는 배틀그라운드의 성공 전략을 인플루언서 마케팅의 사례로 평가할 수 있지만, 펍지의 모기업인 블루홀의 김창한 PD는 마케팅이 아닌 릴레이션십의 결과라고 말한다. 스트리머를 마케팅 수단으로 활용한 것이 아니라, 스트리머와 관계를 쌓아 가며 지금의 결과를 만들어 냈다는 것이다.[28] 실제로 펍지와 스트리머의 관계는 협업하고 공존하는 동료에 가까워 보인다. 게임의 오점이 드러날 수 있는 개발 단계에서 스트리머의 참여를 허용한 점이나, 스트리머에게 파트너라는 지위를 부여하고 게임 설정이나 대회 개최 권한 등을 부여한 점에서다.

배틀그라운드가 스트리머의 콘텐츠에 개입하지 않고, 자발적인 참여를 유도한 것이 게임 콘텐츠를 더 다채롭게 만들었다는 점에 주목해야 한다. 스트리머는 게임의 얼굴이 되는 것보다 게임을 누구보다 먼저, 재미있게 즐기는 데서 즐거움을 찾는 이들이다. 스트리머는 솔직하고 재미있는 게임 후기를 남기는 것을 예의라고 생각하고, 소비자들은 이들의 방송을 보고 게임 구매를 결정한다. 스트리머가 게임 산업과 소비자를 잇는 다리라는 점에서 스트리머와의 협력 관계는 게임의 성공에서 가장 중요한 요소다.

펍지는 게임 출시 이후에도 스트리머와의 관계를 이어 갔다. 펍지의 파트너로 선정된 스트리머는 한정 굿즈나 게임 내에서 사용할 수 있는 아이템을 받았다. 펍지의 공식 게임 대회나 시크릿 파티 등의 행사에도 초대됐다. 파트너인 스트리머만 참여할 수 있는 배틀그라운드 경쟁 대회를 열기도 했다. 스트리머에게 게임의 커스텀 설정을 좌우할 수 있는 권한을 주기도 했는데, 스트리머의 활동에 대한 보답 차원이기도 했지만 게임의 권한 일부를 내줄 정도로 스트리머를 신뢰하고 있다는 의미이기도 했다.

펍지는 스트리머에게 파트너 배지를 부여하고, 스트리머의 방송 메인 화면에 노출되게 했다. 시청자들은 이를 통해 배틀그라운드가 출시 이후에도 스트리머와 지속적인 관계를 유지하고 있다는 점을 확인했다. 파트너가 된 스트리머는 배틀그라운드를 소재로 새로운 콘텐츠를 자유롭게 시도했고, 시청자도 광고 방송에 대한 거부감 없이 이들의 방송을 즐겼다. 파트너들은 자신의 이름을 건 배틀그라운드 경쟁 대회를 개최하거나, 펍지가 제공한 굿즈를 생방송에서 공개했다. 배틀그라운드가 업데이트되면 누구보다 빠르게 접속해 업데이트 내용을 확인하고, 트위치 시청자가 이 모든 과정을 실시간으로 감상했다.

시청자들은 일반적으로 팬이 되는 과정에서 탐색, 대화, 소속의 단계를 거친다. 처음으로 게임 방송을 보게 되는 이유는 원하는 게임에 대한 정보를 얻거나 게임 플레이를 관전하고 싶어서, 특정 스트리머에게 호감을 느껴서다. 이 탐색의 과정을 거치고 나면 시청자는 특정 게임을 추종하는 팬덤과 실시간으로 대화하고 싶은 욕구를 느끼는 대화 단계로 진입한다. 마지막으로 특정 스트리머의 활동에서 진정성을 느꼈을 때, 그를 추종하는 팬덤 커뮤니티의 일원이 되고 싶은 소속 단계에 이른다.

스트리머는 게임을 평가하고 개선 사항을 제시한다. 충분한 재미를 느꼈다면 시청자들에게 게임을 권한다. 동료 스트리머와 만나서 게임에 대해 대화를 나누고 온 후기를 생방송에서 전하기도 한다. 엄청난 영향력을 가지고 있는 스트리머도 게임을 더 잘하기 위해 고민하는 한 사람의 게이머라는 점에서 팬들은 진정성을 느낀다.

진정성은 신뢰로 이어진다. 게임 광고의 모델로 대중에게 인기가 많은 연예인이 기용됐을 때 게임 팬들은 그들에게서 진정성을 느끼지 못한다. 그들이 실제로는 게이머가 아니라는 사실을 알기 때문이다. 진정성은 게임에 얼마나 많은 시간과 노력을 투자했고 그 게임에 대해 자신의 의견과 평가를 말할 수 있는가에 달려 있다. 유명한 연예인보다 스트리머의 진정성이 트위치 시청자에게는 게임 방송을 보고, 해당 게임을 소비할 이유가 된다.

클라우드 게임과 스트리머

이제 게임 산업은 클라우드 서비스 중심으로 재편되고 있다. 클라우드 게임의 핵심은 시간과 장소에 구애받지 않고 다양한 게임을 즐기는 것이다. 2019년 3월 구글은 클라우드 게임 서비스 스타디아를 발표했다. 스타디아는 별도의 게임기를 요구하지 않는다.[29] 클라우드에 저장된 게임을 컴퓨터는 물론 스마트폰으로 즐길 수 있다. 클라우드 형태와 약간의 차이는 있지만 애플도 게임 구독 서비스 아케이드를 발표했다. 유명 게임 개발사와 협력해 독점 게임을 확보하는 방식으로 차별화하고 있으나 두 서비스 모두 고사양의 게임을 장벽 없이 즐길 수 있게 한다는 공통점이 있다.

클라우드 서비스는 게임 소비문화를 바꿀 것이다. 지금의 게임 소비 시장은 특정 게임을 중심으로 게이머들이 모여 있는 형태다. 클라우드 서비스를 통하면 한 사람의 게이머가 하나의 시스템 안에서 게임과 게임 사이를 빠르게 오갈 수 있다. 게임 시장의 경쟁은 더 치열해질 것이고 시청자들은 방대한 시장에서 원하는 게임을 찾기 위해 다양한 게임을 대신해 주는 중개자를 필요로 하게 될 것이다. 이에 따라 게임 시장은 게이머를 중심으로 다중 게임 커뮤니티가 형성되는 형태로 변화할 가능성이 높다.

게이머가 중심이 된다는 점에서 클라우드 서비스와 게임 방송은 밀접하게 연결된다. 트위치의 스트리머는 다양한 게임을 가장 먼저 시도하는 열정적인 게이머다. 동시에 게임 회사가 접근하고 싶어 하는 고객인 시청자에게 가장 먼저 게임의 존재를 알리는 콘텐츠 생산자다. 스트리머가 게임에 대해 어떤 평가를 내리는지에 따라 게임에 대한 시청자의 반응이나 구매 여부가 바뀔 수 있다. 트위치에는 이런 역할을 해줄 수 있는 전 세계의 스트리머가 모여 있다.

아마존은 트위치와 연계할 클라우드 서비스를 준비하고 있다. 2017년 클라우드 게임 플랫폼 업체인 게임스파크를 인수했고,[30] 2020년에는 아마존 웹 서비스AWS를 이용한 서비스를 출시할 계획이라고 밝혔다.[31] 아마존의 클라우드 게임 서비스가 개발되면 스트리머가 트위치를 통해 클라우드 내의 게임을 즉시 방송으로 송출할 수 있게 만들 가능성이 높다. 스트리머는 클라우드 서비스가 제공하는 다양한 장르의 게임을 시청자에게 소개하고 이들이 게임을 사거나 서비스를 이용하게 만들 수 있다.

트위치의 시청자에게는 스트리머와 함께 게임을 하고 싶은 욕구가 있다. 스트리머가 멀티 플레이 게임을 하는 경우 시청자가 함께 접속하는 일은 지금도 많다. 클라우드 서비스가 도입되면 스트리머가 서버 내의 멀티 플레이 게임을 하면서 클라우드 서비스를 이용하는 사람들을 빠르게 시청자로 끌어들일 것이다. 스트리머가 플레이하는 게임에 바로 접속하는 기능을 트위치에 추가할 수도 있다. 이는 시청자에게는 아마존의 클라우드 게임을 이용해야 하는 이유가 될 것이다. 아마존 입장에서는 클라우드 서비스로의 유입을 쉽게 늘릴 수 있는 방법이다.

클라우드 게임 서비스는 걸음마 단계에 있다. 그러나 아마존에는 고사양 게임을 막힘없이 재생할 수 있는 서버가 있다. 무엇보다 게임과 관련된 콘텐츠를 가장 먼저 소비하는 게임 팬덤을 확보하고 있다. 스트리머와 게임 팬덤의 네트워크를 확보한 트위치는 클라우드 서비스와 함께 게임 소비 시장을 바꿀 플랫폼으로 성장하고 있다.

취미를 넘어서 일상으로

이제는 누구도 스마트폰으로 동영상을 보는 일이 특별하다고 말하지 않는다. 남녀노소를 가리지 않고 사람들은 취향에 맞는 콘텐츠를 선별해 자기만의 타임라인을 구성한다. 언어와 국경을 가리지 않고 다양한 콘텐츠를 즐길 수 있는 시대가 되면서, 동영상 플랫폼은 사람들의 시간을 더 많이 확보하기 위한 경쟁을 펼치고 있다. 글로벌 플랫폼이 선택한 전략은 실시간 방송이다. 사진 공유 서비스로 출발했던 인스타그램은 영상 전용 채널을 추가하고 라이브 방송 기능을 도입했다. 편집된 영상을 주기적으로 업로드했던 유튜브 방송인들도 일주일에 한두 번은 라이브 방송을 하는 것이 일반적인 문법이 되었다.

실시간 방송의 자원은 시청자들이 투자하는 시간이다. 트위치에는 트위치가 꺼지지 않기를 바라는 시청자들이 있다. 이들은 영화나 드라마는 챙겨 보지 않아도 트위치 생방송에는 꼬박꼬박 참여한다. 방송을 보다가 잠이 들었는데, 자고 일어나도 스트리머가 방송을 하고 있으면 기쁨과 동시에 안정감을 느낀다는 반응도 있다. 잠을 자면서까지 트위치 상태를 유지하는 트수들을 지칭하는 잠크리트라는 표현이 있을 정도다. 스트리머가 어떤 게임을 하고 있느냐가 아니라, 스트리머의 방송에 실시간으로 함께하고 있느냐가 더 중요하다.

중요한 것은 시청자의 관심과 절대적인 시간의 양이다.

국내에서 형성된 독특한 트위치 문화는 게임과 백수라는 공감대의 결합으로 스트리머와 시청자 사이의 슈퍼 팬덤을 만들어 냈다. 트위치 슈퍼 팬덤은 게임을 통한 커뮤니케이션을 넘어섰다. 스트리머는 자신의 시청자들에게 팬 네임을 붙이고, 시청자는 스트리머의 방송 활동을 위해 후원하거나 기부한다. 수천 명의 사람들이 스트리머와 약속한 방송 시간에 모니터 앞으로 모이고, 스트리머는 그들을 위해 수 시간의 게임 방송을 송출한다.

이런 맥락에서 스트리머가 더 오래 방송을 하기를 원하는 시청자들도 등장했다. 트위치에는 '켠왕'이라는 문화가 있다. 켠왕 문화를 설명하기 위해서는 온게임넷[32]의 프로그램 〈켠 김에 왕까지〉를 이야기해야 한다. 〈켠 김에 왕까지〉는 출연진에게 게임을 주고, 이들이 게임의 엔딩을 확인하거나 최종 보스를 잡기 전까지 집에 보내 주지 않는 프로그램이었다. 이 프로그램의 흥행으로 켠왕이라는 말이 게이머 사이에서 게임 엔딩을 확인할 때까지 플레이를 종료하지 않은 행위를 의미하는 말로 정착했다.

트위치에서는 켠왕이 스트리머가 게임의 엔딩을 확인할 때까지 방송을 이어 가거나, 게임 자체의 엔딩은 없지만 시청자와 함께 세운 목표를 이룰 때까지 방송을 끝내지 않겠다는 의미로 쓰인다. 온라인 대전 게임의 경우 엔딩이라고 할 법한 게임의 끝이 존재하지 않는다. 따라서 온라인 게임에서는 컨왕의 목표를 '스무 번의 승리를 달성한다'거나 '점수를 3000점까지 올리겠다', '게임 랭크를 다이아몬드1 티어tier까지 올리겠다' 식으로 정하는 것이 일반적이다. 스트리머가 게임 플레이가 길어질 것이라고 예상해 컨왕 선언을 했다면, 방송 시간은 30시간에 달하기도 한다. 트수들은 스트리머의 게임 실력이나 목표 달성 여부가 아니라 분투하는 스트리머를 트수들과 함께 지켜본다는 사실 자체를 즐긴다.

트위치 시청자들은 좋아하는 스트리머가 게임 대회에 참가하면 게임 대회의 전 과정을 생방송으로 지켜본다. 2019년 2월에는 트위치와 아프리카TV의 플랫폼 대전이 열렸다. 각 플랫폼에서 활동하는 방송인들이 리그 오브 레전드로 경쟁한 것이다. 대회를 기획한 시점부터 전략 회의, 연습 경기, 대회 당일 중계는 물론 후일담 방송까지 약 1개월 동안 플랫폼에 대전에 대한 방송이 올라왔다. 많은 팬들이 이 과정을 모두 보고, 대회 당일 밤 10시부터 새벽까지 이어진 경기도 실시간 관전했다. 양사를 모두 합쳐 약 20만 명이 대회 중계를 시청했다.

보고 있던 스트리머의 방송이 끝나면 트위치를 종료하는 것이 아니라, 다른 스트리머의 방송으로 넘어가는 것도 시청자들이 '트위치 상태'를 유지하는 방법 중 하나다. 스트리머가 사용하는 트위치의 호스팅 기능이 중요한 이유다. 트위치에서 호스팅은 A라는 스트리머가 자신의 방송이 종료된 후에, B라는 스트리머의 생방송을 자신의 채널에서 보여 주는 것을 의미한다. 시청자들은 A의 방에 남아 시청자들과 B의 방송을 볼 수도, B의 방으로 이동해 새로운 시청자와 함께할 수도 있다.

　　호스팅의 대부분은 서로 이미 알고 있는 스트리머들 사이에서 일어나는 편이다.[33] 이미 해당 스트리머가 합동 방송을 진행했을 가능성이 높아서, 시청자도 호스팅된 스트리머의 방송을 낯설게 느끼지 않는다. 충분히 친분이 두텁고 잦은 합동 방송으로 인해 양쪽 커뮤니티의 시청자 모두가 서로를 잘 알고 있는 상태라면, 시청자는 호스팅 방송을 보더라도 익숙한 느낌을 그대로 느끼면서 트위치 상태를 유지할 수 있다. 트위치 상태를 온전히 유지하고 싶은 시청자들을 위해 스트리머가 방송 종료 전에 호스팅 상대를 시청자와 함께 탐색하는 경우도 많다.

　　유튜브의 시청자가 방송 영상을 많이 본다고 해서 유튜브를 자기 자신의 정체성을 보여 주는 미디어라고 여기기는 어렵다. 페이스북이나 인스타그램도 마찬가지다. 거의 모든 종류의 취향을 다루는 불특정 다수의 미디어이기 때문이다. 트위치는 다르다. 트위치는 시청자들이 취미를 넘어서 일상으로, 정체성으로 발전해 나가고 있다. 어떤 게임 콘텐츠를 좋아하는지, 어떤 스트리머에게 열광하는지가 시청자들의 취향을 보여 주는 정보이기 때문이다.

트위치 시청자에게 게임 방송은 일상이다. 시간이 남아서 방송을 보거나, 짧은 여가를 쪼개서 트위치에 접속하지 않는다. 일상의 잉여 시간을 트위치로 보내는 것이 아니라 일상 전반을 트위치에 쓰고 있다. 트위치를 위해 시간을 비워 두거나, 일상과 트위치를 함께 유지하려고 한다. 트수들은 스트리머의 방송을 보며 밥을 먹거나 술을 마시며, 심지어 잠을 자거나 일을 하기도 한다.

24시간을 사로잡다

트위치는 게임 팬덤을 위한 플랫폼에서 게임 이외의 주제로도 실시간 소통이 일어나는 공간으로 확장되고 있다. 아마존은 트위치를 인수하고 트위치에 일상생활In Real Life과 크리에이티브Creative라는 비非게임 카테고리를 만들었다. 2018년 9월에는 여기서 더 나아가 비게임 카테고리를 먹방, 여행, 뷰티 등을 포함한 13개 영역으로 세분화하고 콘텐츠와 종류의 양을 늘렸다. 아트Arts 영역에서 활동하는 스트리머는 그림을 그리거나, 영상을 편집하는 과정을 실시간으로 송출한다. 사이언스 앤드 테크놀로지Science & Technology에 접속하면 개발자들이 자신의 작업 현황을 트위치로 중계하는 모습을 만날 수 있다.

시청자들이 가장 많은 시간을 보내는 비게임 카테고리

는 저스트 채팅Just Chatting이다. 비공식 통계에 따르면 2019년 7월 기준 시청자들은 한 달 동안 저스트 채팅에서 약 6000만 시간을 보냈다.[34] 스트리머들은 본격적인 게임에 앞서 1~2시간 정도 시청자와 대화하는 시간을 가지는 것이 일반적이다. 스트리머가 먼저 시청자 안부를 묻기도 하고, 스트리머가 예정된 방송을 쉬었다면 무슨 일이 있었는지 시청자가 먼저 물어보기도 한다. 새로 나온 게임 소식이나, 오늘 방송에서 다룰 게임으로 대화를 나눌 때도 있다. 스트리머는 이렇게 게임을 하지 않는 시간의 대부분을 저스트 채팅 모드로 방송을 하는 데 쓰고 있다.

또 다른 인기 카테고리는 뮤직 앤드 퍼포밍 아트Music & Performing Arts다. 그림이나 영상 편집 과정을 송출하는 스트리머처럼, 실시간으로 노래를 부르거나 음악을 만드는 과정을 보여 주는 스트리머가 이 카테고리에 모여 있다. 음악 방송에 대한 인기를 실감해 트위치는 2018년 10월 열린 콘퍼런스 트위치콘TwitchCon에서 스트리밍 게임 트위치 싱스Twitch Sings를 공개했다.[35] 트위치콘은 트위치 최대의 행사로, 앞으로의 트위치가 어떤 방향으로 나아갈지 계획을 발표하는 자리다. 트위치 싱스는 스트리머와 시청자가 함께 노래를 부를 수 있는 게임이다. 스트리머끼리 듀엣 방송을 진행할 수도 있다. 노래방 기기처럼 가사와 음정 가이드를 제공하고, 노래 점수도 보여 준다. 시청자는 트위치 싱스를 플레이하는 방송에서 채팅을 통해 원하는 노래를 신청하고, 스트리머에게 도전 과제를 부여한다. 현재는 트위치 싱스를 통해 약 2000곡이 서비스되고 있다.

트위치에서는 비게임 콘텐츠도 시청자의 참여를 전제로 하고 있다. 시청자가 실시간으로 스트리머의 행위에 개입할 여지를 제공하는 것이 핵심이다. 채팅창을 통한 소통은 기본 중의 기본이다. 스트리머는 시청자들이 똑같은 단어를 입력하면서 일체감을 느끼도록 유도하거나, 도네이션 메시지로 직접 방송에 참여하게 만든다. 스트리머가 시청자에게 미션을 받아 실시간 피드백을 받으며 작업하는 방송, 시청자가 스트리머와 노래를 함께하는 트위치 싱스는 기술을 통해 시청자 참여를 보장하는 새로운 방식이다.

한국 사용자들은 일상생활 카테고리의 방송을 많이 보는 편이다. 인터넷 방송 초기부터 가벼운 토크나 먹방으로 친근한 분위기를 만드는 토크쇼가 온라인 방송 문화의 주류로 자리 잡은 것이 영향을 미친 것으로 보인다. 2018년에는 월드컵과 아시안 게임 시즌에 스트리머와 트수들이 축구 경기를 함께 보는 콘텐츠가 인기를 끌었다. 트위치 플랫폼은 월드컵과 아시안 게임 중계권을 획득하지 못한 상태였다. 경기를 함께 보며 실시간으로 소통을 하기 위해서는 중계권을 획득한 아프리카TV를 이용하는 편이 더 유리했다. 하지만 트위치 시청자들은 트위치에서 함께 경기를 볼 방법을 고민했다. 이들은 지상파 채널을 하나 정해 놓고, 각자 방송을 보면서 트위치에서 대화를 하기로 했다. 경기를 같이 보는 것 자체는 특별할 것 없는 일이다. 그러나 스트리머와 시청자가 불편함을 감수하고도 트위치를 활용했다는 것은 이들의 높은 충성도와 애정을 느낄 수 있는 대목이다.

풍월량은 2018년 생일을 기념하는 방송으로 술 먹방을 진행했다. 11월 24일 저녁부터 25일 새벽까지 진행된 방송의 최대 실시간 시청자 수는 약 2만 명에 달했다. 풍월량이 모니터를 향해 술잔을 내밀 때마다 1만 명이 넘는 시청자들이 건배를 외쳤다. 풍월량은 이벤트 방송 때 팬 카페에 술 먹방을 즐기고 있는 상황을 공유해 달라고 요청하기도 했다. 트위치에서는 일상의 중요한 이벤트를 트위치에서 보내는 것이 점점 더 자연스러운 문화가 되고 있다. 팬들은 스트리머가 생일과 같은 이벤트를 트위치에 공유하지 않으면 서운해하기도 한다. 시청자들도 원하는 회사에 취직하거나, 생일을 맞은 소식을 트위치에 공유하고, 스트리머와 시청자들의 축하를 받고 싶어 한다.

트위치는 게임 방송 전문 플랫폼이라는 한계를 넘어서, 어떤 방송이나 콘텐츠도 게임처럼 향유하게 만드는 유연한 실시간 커뮤니티로 확장하고 있다. 이에 따라 게임 외의 콘텐츠를 게임과 결합해 마케팅에 이용하는 기업 사례도 늘고 있다. 영화 〈미션 임파서블: 폴아웃〉은 작품 홍보를 위해 글로벌 트위치 스트리머를 섭외, 콘텐츠를 만들었다. 영국과 프랑스, 브라질, 독일, 한국에서 한 명씩을 섭외했는데, 한국에서는 풍월량이 참여했다. 영화에는 주인공이 헬기를 타거나 스카이다이빙을 하고, 총을 쏘는 장면이 많았다. 스트리머들은 실내 스카이다이빙을 체험하며 사격과 헬기 조종 게임을 플레이했고, 이 영상이 영화 홍보에 쓰였다.

트위치만을 위한 게임을 만든 사례도 있다. 2019년 8월, 포르쉐는 새로운 경주용 자동차 포르쉐 99X 일렉트릭을 출시하며 트위치에서 포뮬러 E 언록트Formula E Unlocked라는 인터랙티브 게임을 공개했다. 포르쉐 소속의 드라이버가 독일의 포르쉐 공장 부지에서 신차를 찾아 공개해야 하는 게임이다. 드라이버의 몸에 카메라를 달고, 시청자가 드라이버의 다음 행동을 선택하는 방식이었다. 채팅창에서 가장 많은 득표를 얻은 선택지에 따라 드라이버의 다음 행동이 이어졌다. 포르쉐는 기존의 소비자를 벗어나 젊은 층에게 경주용 전기 자동차를 홍보하기 위해 해당 게임을 기획했다고 밝혔다.[36]

식품 브랜드에서 새로 나올 제품을 홍보하기 위해 스트리머와 요리 게임을 방송할 수도 있고, 스포츠 대회를 알리기 위해 스포츠 게임을 활용한 실시간 방송을 진행할 수도 있다.

트위치에는 실시간 채팅에 접속해 있는 상태를 즐기고, 적극적으로 참여하려는 시청자가 있다. 이와 같은 협업은 실시간 방송과 채팅에 깊이 호응하는 시청자를 보유한 트위치가 게임 산업을 넘어 더 넓은 영역에서 시너지 효과를 만들 수 있다는 점을 보여 주는 사례다.

E스포츠 세대를 잡아라

전통적인 스포츠를 시청하는 연령대가 높아지는 것과 대조적으로, E스포츠 시청자의 대부분은 10~20대다. 이에 따라 전통적인 스포츠 구단들은 E스포츠를 차세대 스포츠 종목으로 지목하고, 이를 통해 충분한 이윤을 창출할 수 있으리라 기대한다. 미국 프로 농구 협회NBA는 각 구단에 E스포츠 투자를 권고하고 있다. 메이저리그 커미셔너 롭 맨프레드Rob Manfred는 "메이저리그 산업이 앞으로 나아가기 위해 E스포츠 진출이 필요하다"고 밝히기도 했다.[37] 이미 전 세계의 E스포츠 시청자 수는 1억 6700만 명으로, 미국 프로 야구 시청자 수 1억 1400만 명을 넘겼다.[38] E스포츠 시장의 매출은 2022년 약 32억 달러(3조 8400억 원)까지 증가할 것으로 전망된다.[39]

　　게임은 특정 집단의 취향이 아니라 다음 세대의 스포츠가 되고 있다. 스웨덴의 국회의원 리카드 노르딘Rickard Nordin은 E스포츠 법안에 대한 인식 제고를 위해 트위치에서 하스스톤 게임 방송을 진행했다. 그는 "정치인들이 식료품 가격을 논의하기 위해 슈퍼마켓을 찾아가는 것처럼 트위치에서 E스포츠에 관한 논의를 하겠다"고 했다. E스포츠의 중심지가 트위치라는 점을 이용해 게이머들과 적극 소통할 의지가 있다는 점을 강조한 이벤트였다.[40]

미국 고교 E스포츠 리그인 플레이VS는 전미 고교 체육 연맹과 제휴하고, 50여 개의 고등학교를 대상으로 E스포츠 대회를 개최한다. 플레이VS는 대회에서 우수한 성적을 거두는 학생이 좋은 대학에 진학할 수 있도록 가산점이나 추천서를 부여하는 방안을 추진하려 한다.[41] 미국은 물론 중국, 일본 등에서도 E스포츠 산업을 유치하고 진흥하기 위한 노력을 기울이고 있다. 중국 정부는 E스포츠 경기를 '소비를 이끄는 피트니스 레저 경기', '교육 문화 정보 소비자 혁신 행동'으로 보고 긍정적으로 평가한다.[42]

블리자드Blizzard는 E스포츠 사상 최초로 오버워치 리그에 지역 연고 제도를 도입했다. 지역 기반의 경쟁과 팬덤의 성장이 E스포츠에서도 가능하리라는 전망이다. 서울과 런던, 뉴욕, 상하이, 파리, 항저우 등 전 세계 도시를 대표하는 팀이 리그에 참여하게 된다. 2020년 시즌까지 세계 각지에서 선발된 20개의 팀이 오버워치 리그에 참여한다. 잭 하라리Jack Harari 블리자드 E스포츠 리그 파트너십 부사장은 "과거의 스포츠 중계는 경기 시간을 기다렸다 TV를 보는 것이 전부였다"며 "오버워치 리그는 프로 선수와 시청자 사이의 소통이 가능할 뿐만 아니라, 세계에서 가장 젊은 시청자를 끌어오고 있다"고 했다. 지역 기반으로 경쟁하고 팬덤을 만드는 일이 E스포츠 산업에서도 벌어지게 되는 것이다. 오버워치는 리그에 아마추어, 주니어, 월드컵 등의 시스템을 도입할 것이라고 밝히면서 앞으로의 투자 의지를 분명히 했다.[43]

트위치는 E스포츠 사상 역대 최고 금액의 연간 중계 계약을 맺고 오버워치 리그를 독점 중계했다. 오버 워치 리그에서는 트위치의 후원 기능인 비트bits를 통해 선수들을 후원할 수 있다. 시청자가 스트리머에게 후원하는 도네이션과 달리, 비트는 트위치 내의 가상 화폐를 구매해 후원하는 방식이다. 방송 중에 특정 팀에게 비트 후원을 하면, 해당 팀의 이모티콘을 받을 수 있다. 드롭스 기능을 통해 리그를 관람한 이들에게 오버워치 내에서 사용할 수 있는 리그 코인을 발행하기도 했다.

이제 게임을 즐긴다는 것의 의미가 변했다. 게임을 직접 하지 않았더라도 참여했다는 느낌을 받을 수 있는 시대다. 트위치의 시청자는 실시간 채팅을 통해 스트리머와 함께 게임의 결과를 만들어 낸다. 스트리머가 프린세스 메이커Princess Maker를 시연한다고 하자. 프린세스 메이커는 아빠 입장에서 주인공인 딸을 성장시키는 게임이다. 스트리머와 시청자는 딸의 이름을 정할 때부터 협업하고, 캐릭터를 어떤 방식으로 키울 것인지 논의한다. 게임이 엔딩에 다다를 때까지 스트리머와 시청자는 주인공의 미래에 대해 끊임없이 대화하며, 스트리머는 시청자 의견을 반영하려 노력한다. 이렇게 확인한 게임의 엔딩은 스트리머만의 것이 아니다. 스트리머의 방송을 보면서 진행을 도운 시청자가 함께 만든 결과다.

스트리머에 따라 같은 게임을 다르게 즐길 수 있다는 점도 기존의 스포츠와 차이가 있다. 시청자는 프로 선수 출신 게이머부터 엉터리 해설자까지 자신의 취향에 맞는 스트리머를 선택한다. 리그 오브 레전드 챔피언십(롤 챔스) 코리아 시즌에 중계 방송을 하는 스트리머는 리그 오브 레전드를 즐겨하는 스트리머이거나, 전직 프로 선수일 수도 있지만 이 게임을 잘 모르는 '롤알못'일 수도 있다. 게임을 잘 모르는 스트리머의 방송에는 게임 관전보다 훈수를 위해 모이는 사람들이 많다. 오프라인 대회를 관전할 때는 모르는 사람과 대화하는 일이 없지만, 트위치에서는 익명의 힘을 빌려 편안하게 경기에 대해 토론할 수 있다. 동일한 문구를 반복적으로 입력하거나, 모두가 똑같은 이모티콘을 사용하는 등의 방법으로 관전의 현장감을 느낄 수도 있다.

E스포츠의 성장은 게임 산업에 새로운 생태계를 만들고 있다. 2018년 E스포츠 실태 조사에서 한국의 프로 게이머

선수 가운데 20퍼센트는 은퇴 후 인터넷 플랫폼을 통한 개인 방송을 고려하고 있다고 답했다. 이미 프로 선수의 80퍼센트 이상이 게임 방송을 하고 있다. 선수들의 수입에서 연봉을 빼고 가장 많은 비중을 차지하는 것도 스트리밍 수입이다. 그리고 이들이 가장 많이 쓰는 플랫폼이 트위치다. 트위치에서 게임 방송을 겸하는 현직 선수, 은퇴 이후 스트리머로 변신한 게이머들이 트위치를 통해 명성과 수입을 유지하고 있다.[44]

전 프로 선수 강찬용(활동명 앰비션)은 2018년 12월 24일 트위치에서 선수로서 공식 은퇴 선언을 하고 게임 방송을 시작했다. 롤 챔스 중계가 주요 콘텐츠인데, 롤 챔스 시즌이 되면 공식 중계 채널 못지않게 많은 시청자를 확보하는 저력을 보인다. 시청자들은 일반 중계보다 전직 선수가 중계하는 방송을 더 선호한다. 리그 오브 레전드 게이머로 유명한 이상혁(활동명 페이커)도 트위치에서 방송을 하고 있다.[45] 전 프로 선수들은 선수 시절과는 조금 다른 방식으로 게임에 임한다. 선수 시절에는 높은 성과와 대회에서의 수상을 위해 훈련했지만, 게임 방송에서는 주 종목이 아닌 게임을 해보기도 하고 게임 내의 랭크 시스템에서 도달하고 싶은 위치를 설정하고 플레이한다. 시청자들은 트위치를 통해 좋아하는 선수를 직접 후원하고, 응원의 메시지를 보내거나 게임 전략을 묻는다.

프로 게이머는 스트리머의 게임 코치로 활약하기도 한

다. 스트리머와 게임을 같이 하며 플레이에 대해 코칭하는 것이다. 시청자는 이를 프로 게이머에게 게임을 배우는 기회로 활용한다. 국내 프로 게임의 전설로 불리는 임요환도 트위치에서 게임 방송을 하고 있다. 임요환은 2017년 8월 카카오TV에서 개인 방송을 시작했고, 2019년부터는 트위치로 플랫폼을 옮겼다. 그는 자신을 국내 E스포츠의 대표 주자로 만든 스타크래프트와 포커 등을 시연하며 게임 팬덤으로부터 열렬한 환경을 받았다.

새로운 세대는 축구나 야구를 보는 대신 E스포츠를 관전하고, 직접 게임을 하거나 경기장을 찾기보다 트위치에 접속해 게임 방송을 본다. 모바일 분석 플랫폼 앱애니 조사에 따르면, 1990년대 중반부터 2000년대 초반 태어난 Z세대는 이전 세대에 비해 게임 앱을 사용하는 시간은 적지만 비게임 앱을 통해 게임을 보는 시간은 더 많은 것으로 나타났다. Z세대의 선호도가 가장 높은 앱은 트위치였다.[46] E스포츠 전문 구단을 창단한 MCN 기업 샌드박스 네트워크의 이필성 대표는 "어린이, 청소년이 10년 뒤에 볼 스포츠 경기는 프로 야구일까, E스포츠일까?"라고 질문하기도 했다.[47]

트위치를 통해 E스포츠를 즐기고 있는 젊은 세대는 앞으로 E스포츠 산업에 직접 참여하는 세력으로 자리 잡을 것이다. 이제 게임은 하는 것이 아니라 보는 것으로 진화했고,

글로벌 시장은 스트리머와 시청자가 만들어 갈 새로운 생태계에 주목하고 있다.

글로벌 실시간 방송 시장에서 경쟁하는 대표 기업은 아마존의 트위치, 구글의 유튜브, 마이크로소프트의 믹서Mixer, 페이스북의 페리스코프Periscope다. 전체 영상 시청 시간을 놓고 보면 유튜브가 트위치보다 앞서지만, 실시간 방송 시청 시간에 있어서 1위는 트위치다. 2018년 3분기 트위치의 실시간 방송 시청 시간은 약 25억 시간이었다. 9월에만 8억 1300만 시간을 기록해, 같은 기간 2억 6000만 시간을 기록한 유튜브에 비해 거의 4배 많았다.[48]

트위치는 원하는 시간에, 원하는 방송을 시청할 수 있는 실시간 방송에 특화되어 있다. 바꿔 말하면, 정해진 시간에 모니터 앞으로 모여드는 충성도 높은 시청자를 확보하고 있다는 의미다. 소비자의 지속적인 관심을 얻기 위한 미디어 경쟁이 격화되고 있는 시대에 트위치가 고관여 시청자를 가지고 있다는 것은 돋보이는 강점이다.

트위치의 성공은 유튜브가 지향하는 넓은 의미의 영상 시장을 노리지 않았기에 가능했다. 트위치는 게임을 매개로 적극적으로 소통할 의지가 있는 게임 팬덤에 집중했다. 이들에게는 다른 사람의 게임 영상을 보면서 실력 향상에 도움을 받고 싶은 욕구, 게임에 푹 빠져 있는 내 모습을 드러낼 수 있는 관계에 대한 갈망이 있었다. 게임 팬덤에 집중했다고 해서 소수의 마니아만 주목하는 플랫폼이라고 생각하면 오산이다.

트위치는 전 세계 최대의 인터넷 생방송 플랫폼이기도 하다. 트위치의 일간 실사용자DAU는 1500만 명이다.[49] 최근에는 게임 방송 외의 카테고리를 확장해 게임을 하지 않는 시간마저 트위치에 접속하게 만들고 있다.

트위치는 실시간 방송을 통해 게임 팬덤의 즉각적인 소통을 지원한다. 트위치의 스트리머와 팬덤은 채팅창을 통해 대화하고, 플레이 과정에서 느끼는 희열과 고통을 나눈다. 시청자는 스트리머의 게임에 훈수를 두기도 하고, 방송을 함께 본 이들만 이해할 수 있는 밈을 창조한다. 이와 같은 트위치의 상호성은 1인 가구 시대에 더 중요한 특징이 되고 있다. 가족들이 거실에 모여 앉아 같은 채널을 보는 시대는 지났다. 이제는 각자의 공간에 흩어져 스마트폰으로 서로 다른 채널을 본다.

트위치에는 아주 작은 무대에서부터 거대한 규모의 스타디움까지 다양한 형태의 스포츠 경기장이 있다. 시청자들은 트위치 세계에서 원하는 게임 종목과 진행자를 선택하고 적게는 수십 명, 많게는 수만 명의 사람들과 이야기를 나누면서 게임을 본다. 경기장에서 보고 들을 수 있는 팬덤의 함성과 일사불란한 움직임, 응원봉의 반짝임 등은 이모티콘의 모양과 움직임, 채팅과 음성, 영상 메시지 등으로 형상화된다. 이모티콘의 집성이 트위치 방송을 보는 이들에게는 경기장의 함성과 같은 효과를 낳는 것이다.

스트리머의 실시간 방송과 시청자 사이에서 발생하는 대화와 훈수 두기 등의 정서 공유 활동은 개인적인 동시에 사회적이다. 시청자들은 각자의 공간에서 방송에 참여하지만, 이들의 행동이 쌓이고 쌓여서 공동의 기억이 된다. 기술의 발달이 만들어 낸 트위치라는 새로운 양식의 장에서 스트리머와 팬덤의 상호 작용은 강력한 커뮤니티로 발전하고 있다.

유승호

일상의 소음이 된 트위치

나는 매일 오후 8시 트위치에 접속한다. 8시는 스트리머 풍월량의 고정 방송 시간이다. 시간이 남아서 게임 방송을 보는 것이 아니라, 게임 방송을 보기 위해 시간을 비운다. 스트리머와 실시간으로 게임을 즐기고 싶다는 욕망은 정해진 생방송 시간에 맞춰 트위치를 찾는 성실함으로 이어졌다. 게임을 넘어 스트리머들이 즐겨 입는 옷 브랜드나 음식 등의 일상적인 취향에도 영향을 받는다.

트위치는 취미를 넘어 시청자의 일상으로 스며들고 있다. 이 글을 쓰면서도 백색 소음을 대신할 용도로 트위치 방송을 켜둔 날이 많았다. 트위치 시청자 중에는 잠을 자는 동안에도 방송을 켜두는 이들이 있다. 스트리머의 방송을 보고, 채팅창에서 나와 닮은 사람들을 만나는 시간 자체에서 안정감을 느끼는 것이다.

스트리머와 팬덤은 방송 전후에도 지속적으로 교류한다. 스트리머는 방송을 하지 않을 때도 수 시간씩 채팅창을 열어 놓는다. 네이버 카페나 인스타그램 등의 커뮤니티 사이트를 운영해 대기 시간이나 방송이 없는 시간에도 팬덤 활동을 활성화한다. 팬들은 스스로 지난 방송을 회상하거나, 앞으로의 콘텐츠를 추천하며 대화한다. 방송과 관련한 질문을 하기도 하지만 스트리머의 안부를 물을 때도 있다. 스트리머가 명절에는 어디에 가는지, 어떤 음식과 음악을 좋아하는지 궁

금해한다. 방송 시간이 다가오면 어떤 소재로 방송할지에 대한 기대가 커진다.

이와 같은 상호 작용이 가능한 트위치는 즐길 거리를 넘어서 정체성을 구성하는 커뮤니티가 됐다. 미디어는 개인의 정체성을 확장한다. 트위치에서 어떤 스트리머를 좋아하고, 어떤 게임 방송을 즐겨 보는지가 개인의 취향과 정체성의 많은 부분을 설명해 준다. '그스그시(그 스트리머에 그 시청자)'라는 트위치의 밈처럼, 스트리머가 게임을 즐기는 방식과 마인드, 언어 습관과 행동이 시청자 개인의 정체성에 지대한 영향을 미친다.

햇수로 3년째, 트위치의 열혈 팬으로 살고 있다. 게임 팬으로서 트위치를 열심히 즐기고 연구한 덕분에 트위치를 소개하는 글을 쓸 기회도 얻었다. 트위치 시청자와 스트리머 세계를 이해하는 것, 트위치의 커뮤니티에 대해 탐구하는 일은 나 자신을 이해하는 과정이기도 했다. 트위치는 많은 사람들의 일상이자, 정체성을 구성하는 요소이며 소통의 장이다. 트위치의 커뮤니티를 만드는 데 기여하는 게임 스트리머와 팬덤은 새로운 시대의 크리에이터와 소비자다.

변혜린

주

1 _ 클레이튼 크리스텐슨·마이클 레이너·로리 맥도널드, 〈파괴적 혁신이란 무엇인가〉, 《하버드비즈니스리뷰》, 2015년 12월.

2 _ 클레이튼 크리스텐슨(이진원 譯), 《미래 기업의 조건》, 비즈니스 북스, 2005, 53쪽.

3 _ 이규연, 〈아마존, 구글 제치고 트위치 인수에 성공〉, 《비즈니스 포스트》, 2014. 8. 26.

4 _ 김한준, 〈트위치, 게임 스트리밍 분야에서 유튜브 제치고 1위 차지〉, 《지디넷코리아》, 2019. 7. 22.

5 _ 트위치 프라임(Twitch Prime)은 광고 없이 실시간 방송을 이용할 수 있는 트위치의 멤버십 서비스다. 채널 정기 구독, 특별 이모티콘과 전용 배지 등의 혜택을 얻을 수 있고, 리그 오브 레전드나 배틀그라운드, 에이펙스 레전드 등의 게임에서 아이템을 받을 수 있다.

6 _ 백민재, 〈트위치, 2년간 한국 이용자 8배 증가…월 121만 명〉, 《한경닷컴》, 2018. 4. 3.

7 _ 대도서관, 〈트위치 유사 직원들〉, 트위치 클립 영상, 2019. 1. 2.

8 _ 백민재, 〈대도서관 "BJ에게 갑질" 폭로…아프리카TV "사실무근"〉, 《한경닷컴》, 2016. 10. 15.

9 _ 아프리카TV는 대도서관에게 돈을 요구한 적이 없다고 반박했으나, 대도서관 외에도 홍보 방송을 진행할 때마다 호스팅 비용을 지불해 왔다는 방송인들이 나타나며 사태가 커졌다.

10 _ 트위치의 스트리머 순위를 실시간으로 확인할 수 있는 사이트가 있지만 트위치에서 공식적으로 운영하는 사이트는 아니다.

11 _ 톰 로버트슨, 〈트위치의 변경된 카테고리와 태그 시스템을 소개합니다〉, 트위치 공식 블로그, 2019. 9. 27.

12 _ 길용찬, 〈[인터뷰] "게임과 방송, '가시성'이 중요해요" BJ 대도서관을 만나다〉, 《인벤》, 2015. 2. 23.

13 _ 정필권, 〈스트리밍은 우리의 게이밍을 어떻게 바꿨나?〉, 《인벤》, 2018. 8. 21.

14 _ 파워 클리퍼는 시청자가 한 달 동안 매주 클립을 하나 이상 만들고, 클립의 조회 수가 50이 넘을 경우 받을 수 있다.

15 _ 로버트 킨슬·마니 페이반(신솔잎 譯), 《유튜브 레볼루션》, 더 퀘스트, 2018, 62~66쪽.

16 _ 케빈 켈리(이한음 譯), 《인에비터블 미래의 정체》, 청림출판, 2017, 103쪽.

17 _ 신발 편집 매장 ABC마트 구월점은 이날 이벤트를 위해 간석점이라는 이름을 달았다.

18 _ 트위치에서 정기 구독은 시청자가 스트리머에게 매달 일정 금액을 후원하는 것이다. 월 4.99달러, 9.99달러, 24.99달러 중에서 선택할 수 있다. 국내의 트위치 커뮤니티 내에선 일반 구독, 중급 구독, 고급 구독으로 부르기도 한다.

19 _ 이승윤·김현진, 〈어? 이 신발은 우리 취향을 잘 알아, 10대와 소통한 휠라의 '화려한 부활'〉, 《동아비즈니스리뷰》, 2018년 10월.

20 _ 조매력은 휠라와 콜라보레이션을 진행한 두 번째 스트리머가 됐다. 조매력은 2019년 3월에 협업 소식을 발표하고, 4월부터 디자인 공모전을 열었다. 실제 제품 판매는 8월 5일 진행됐으며, 음원과 뮤직비디오도 함께 제작했다.

21 _ 팀 페리스(박선령, 정지현 譯), 《타이탄의 도구들》, 토네이도, 2017, 122~131쪽.

22 _ 독그리드 게임은 2019년 4월 18일부터 12월 31일까지 무료로 배포돼 페스티벌 이후에도 즐길 수 있었다.
김재석, 〈던그리드와 머독의 콜라보? 이벤트 게임 '독그리드' 무료 배포!〉, 《디스 이즈 게임》, 2019. 4. 18.

23 _ 시청자가 게임 보상을 받기 위해서는 트위치와 해당 게임의 계정을 연동해야 한다.

24 _ 외방 커뮤니티 게시물, 〈험난한 켠왕과 그걸 지켜보는 실제 게임 개발자들〉, 2017. 2. 5.

25 _ 밸브 코퍼레이션(Valve Corporation)에서 개발한 온라인 게임 마켓 플랫폼이다. 2003년 9월 12일 서비스를 시작해 지금까지 많은 게이머가 게임을 간편하게 구매하기 위해 찾고 있다. 스팀은 장르 불문, 다양한 개발사와 인디 게임 콘텐츠를 관리하고 배급한다.

26 _ 정재훈, 〈[GDC2016] 내 게임, 어떻게 알리나요? '인디 게임' 홍보 비법 개론〉,《인벤》, 2016. 3. 23.

27 _ 게임사가 개발 중인 게임을 먼저 선보일 수 있는 스팀의 서비스다. 게이머는 미리 게임을 구매하여 투자하고, 게임사에 피드백을 전달한다. 개발사는 정식 출시에 앞서 자금을 확보할 수 있다는 점, 게이머의 의견을 반영할 수 있다는 점에서 얼리 액세스를 활용한다.

28 _ 문영수, 〈마케팅 없이도 뜬 게임들…흥행 비결 알아보니 인플루언서 적극 활용…탄탄한 게임성·입소문 여파 커〉,《아이뉴스》, 2017. 4. 13.

29 _ 스타디아 전용 컨트롤러가 있지만, 키보드와 마우스를 비롯한 기존의 게임 기기도 스타디아와 호환이 된다. 스타디아 컨트롤러는 구글 데이터 센터에 연결되어 있어서 게임 경험을 최적화할 수 있는 장점이 있다.

30 _ 김한준, 〈아마존, 통합 게이밍 업체 '게임스파크' 인수〉,《게임플》, 2018. 3. 16.

31 _ 선재규, 〈"아마존, 넷플릭스式 게임 스트리밍 서비스 추진"〉,《연합 인포맥스》, 2018. 1. 11.

32 _ 온게임넷은 세계 최초의 게임 전문 방송 채널이기도 하다.

33 _ 스트리머가 방송을 종료한 후, 자동으로 특정 채널을 송출하는 기능도 있다. 자동 호스팅 기능을 사용하면 명령어를 입력하지 않아도, 사전에 등록해 둔 스트리머의 채널을 트위치가 자동으로 호스팅한다. 상호 자동 호스팅이 가능하도록 합의한 스트리머 사이에서 사용되는 편이다.

34 _ E스포츠차트(https://escharts.com)의 2019년 7월 트위치 시청 통계.

35 _ 브라이언 알버트, 〈트위치에서의 음악 - 새로운 뉴스와 소식〉, 트위치 공식 블로

그, 2018. 11. 20.

36 _ 박소정, 〈포르쉐, 광고 아닌 게임서 新모델 공개…인터랙티브 콘텐츠로 젊은 층 공략 나서〉, 《브랜드 브리프》, 2019. 9. 5.

37 _ 임재형, 〈"새로운 활로 개척" MLB, E스포츠 진출 모색〉, 《OSEN》, 2019. 3. 4.

38 _ 박서영, 〈[E스포츠] '2019 Global Esports Market Report' 발표…2019년 E스포츠 시장 매출액 10억 달러 넘어서다!〉, 《SIRI》, 2019. 2. 16.

39 _ 정다영, 〈유럽은 E-sports 개척시대, 스포츠 구단들 적극 투자〉, 《오마이뉴스》, 2016. 10. 18.

40 _ 최영락, 〈스웨덴 국회의원, '하스스톤 트위치 스트리머'가 된 사연?〉, 《디스 이즈 게임》, 2017. 3. 15.

41 _ 김민수, 〈미국 고교생, E스포츠 하면서 명문대 간다〉, 《노컷뉴스》, 2018. 7. 31.

42 _ 송현, 〈텐센트, 16조원 들여 中 각지에 E스포츠 도시 건설〉, 《이코노미 조선》, 2018. 8. 13.

43 _ 송민근, 〈잭 하라리 블리자드 부사장 "올해 첫선 보인 오버워치 리그 내년엔 20개 팀으로 확대 운영"〉, 《매일경제》, 2018. 10. 22.

44 _ 《2018 E스포츠 실태 조사》, 한국콘텐츠진흥원, 2018. 11.

45 _ 이상혁이 게임 방송을 트위치에서 처음으로 시작한 것은 아니다. 2014년 아주부TV를 통해 게임 방송을 했고, 당시에도 방송 시작 6일 만에 누적 시청자 수 100만 명을 돌파하는 기록을 세웠다. 그러나 2017년 이상혁이 속해 있는 SKT T1 구단 전체가 트위치와 계약을 맺었다. 김선중 단장은 "T1 선수들의 수준 높은 플레이 스트리밍을 가장 효과적으로 전달할 수 있는 최적의 파트너가 트위치라고 생각했다"고 밝혔다.
김미희, 〈페이커부터, SKT T1 '롤'팀 트위치 글로벌 스트리밍 시작〉, 《게임 메카》, 2017. 2. 6.

46 _ 〈Z세대, 이전 세대보다 게임 덜하고 동영상 엔터테인먼트 즐긴다〉, 《디스 이즈 게임》, 2019. 9. 18.

47 _ 반세이, 〈"10년 뒤, 사람들은 야구를 볼까요, e스포츠를 볼까요?" 샌드박스 네트워크 이필성 대표〉, 《디스 이즈 게임》, 2018. 12. 19.

48 _ Adam Yosilewitz, 〈StreamElements State of the Stream: TwitchCon Edition〉, 2018. 10. 26

49 _ 강일용, 〈생방송 최강자 플랫폼 '트위치'의 명과 암〉, 《방송 트렌드&인사이트》 제18호, 한국콘텐츠진흥원, 2019.

북저널리즘 인사이드　　커뮤니티에서 발견하는
　　　　　　　　　　　　플랫폼의 미래

트위치는 동영상 시장을 선도하는 플랫폼을 말할 때 가장 먼저 떠오르는 이름은 아니다. 거의 모든 장르의 콘텐츠를 다루는 유튜브, 넷플릭스와 달리, 트위치는 게임 방송에 집중한다. 그렇다고 소수의 마니아만 이용하는 작은 채널은 아니다. 트위치는 하루 평균 1500만 명이 접속하는 세계 최대의 실시간 방송 플랫폼이다. 2018년 3분기 실시간 방송 시청 시간은 유튜브보다 4배나 많았다.

트위치의 확장성은 역설적으로 게임 방송에 특화되어 있다는 한계에서 나왔다. 게임 팬덤을 바탕으로 한 강력한 커뮤니티를 구축한 것이 확장의 시작이었다. 트위치 시청자들에게 트위치는 게임이라는 공통의 관심사를 바탕으로 소속감을 느끼는 공동체에 가깝다. 동영상을 보기 위해 접속하는 공간이 아니라, 구성원으로서 적극적으로 활동하고 소통하는 공간이라고 할 수 있다.

시청자가 트위치에 소속감을 느끼는 이유는 게이머라는 정체성과 관련이 있다. 게임은 새로운 세대의 엔터테인먼트로 성장했지만, 사회적으로는 여전히 비생산적인 시간 낭비라는 편견에서 자유롭지 않은 장르다. 그런 점에서 시청자들에게 트위치는 게임을 좋아하고, 게임에 대해 이야기하고 싶어 하는 스스로를 드러내도 괜찮은 공간이다. 트위치 시청자들이 트위치 활동에서 안정감, 소속감을 느낀다고 말하는 이유다.

이런 소속감은 자발적인 참여로 이어진다. 시청자들은 플랫폼에 개선 의견을 내고, 유명 스트리머를 트위치로 초대하거나, 처음 트위치에 접속한 사람들에게 트위치만의 소통 문화를 알려 준다. 트위치의 장점인 실시간 커뮤니케이션은 커뮤니티의 구성원들이 더 빠르게 연결될 수 있도록 돕는 촉매로 작용했다. 스트리머가 시청자 채팅에서 방송의 소재를 발견하고, 시청자들이 스트리머의 게임에 훈수를 두는 실시간 소통은 트위치 커뮤니티의 소속감을 강화하고 있다. 지속적으로 만들어지는 밈과 영상 클립, 이모티콘 등은 트위치만의 문화로 자리 잡았다.

플랫폼이 늘면서 콘텐츠를 확보하려는 경쟁도 거세지고 있다. 그러나 단순히 콘텐츠의 양을 늘리는 전략에는 한계가 있다. 소비자는 언제든 더 매력적인 콘텐츠를 확보하는 플랫폼으로 떠날 수 있다. 그러나 트위치 시청자들은 다르다. 이들은 플랫폼을 옮기는 대신 원하는 콘텐츠를 트위치로 가져오려 할 것이다. 단순한 소비자가 아니라 커뮤니티를 관리하는 구성원이기 때문이다. 더 많은 콘텐츠는 플랫폼 전쟁의 승리 전략이 아닐지도 모른다. 트위치는 커뮤니티라는 새로운 가능성을 제시하고 있다.

곽민해 에디터